ullstein

Renate Bergmann, geb. Strelemann, 82, lebt in Berlin-Spandau. Sie war Reichsbahnerin, kennt das Leben vor, während und nach der Berliner Mauer und hat vier Ehemänner überlebt. Renate Bergmann ist Haushalts-Profi und Online-Omi. Ihre riesige Fangemeinde freut sich täglich über ihre Tweets und Lebensweisheiten im »Interweb« – und über jedes neue Buch.

Torsten Rohde, Jahrgang 1974, hat in Brandenburg / Havel Betriebswirtschaft studiert und als Controller gearbeitet. Sein Twitter-Account @RenateBergmann entwickelte sich zum Internet-Phänomen. Es folgten mehrere Bestseller unter dem Pseudonym Renate Bergmann und seit Neuestem auch unter dem Namen Günter Habicht.

Renate Bergmann

Das ist ja wohl die *Krönung!*

Die Online-Omi
besucht die Royals

Ullstein

Besuchen Sie uns im Internet:
www.ullstein.de

Originalausgabe im Ullstein Taschenbuch
1. Auflage Mai 2023

Umschlaggestaltung: zero-media.net, München
Titelabbildung: © Rudi Hurzlmeier
Satz: Pinkuin Satz und Datentechnik, Berlin
Gesetzt aus der Amasis MT
Druck und Bindearbeiten: GGP Media GmbH, Pößneck
ISBN 978-3-548-06898-5

»Du, Mama …«

Kirsten klang am Telefon merkwürdig. Wenn sie »Mama« sagt, kann ich schon am Klang des Wortes hören, ob sie was will oder ob sie mir wieder Vorwürfe macht. Dieses »Mama« klang anders als alles, was ich je von ihr gehört hatte. Entsprechend irritiert war ich und dachte mir: »Renate, jetzt stellst du dich erst mal dumm und bleibst ruhig. Soll sie erst mal kommen und sagen, was sie will.« Meine Tochter konnte gar nicht wissen, dass ich wieder auf die Leiter gestiegen war und Gardinen gewaschen hatte. Da macht die Meiser, meine Nachbarin, manchmal fernmündlich Meldung, und dann gibt es ein Donnerwetter. Und dass ich mit Gertrud Ringelblumen-Samenbomben für den Etepetete-Steingarten von Grützhauers gebastelt hatte, das war auch noch geheim.

»Mama, wir haben doch nun auf so vieles verzichten müssen in den letzten Jahren. Zwei Weihnachten haben wir uns nicht gesehen wegen der Pandemie.«

Da hatte das Mädel recht. Wir haben uns immer

vorsichtig und vernünftig verhalten, und wenn es hieß »Bleiben Sie bitte zu Hause«, dann gab es eben kein Weihnachten mit meiner Tochter. Soll noch einer sagen, dass Conora nicht auch was Gutes hatte!

Nee, das war jetzt ein bisschen böse von mir. So meine ich das auch nicht. Was war ich froh, meine Kirsten wieder in die Arme zu schließen, als sich alles halbwegs entspannt hatte. Kirsten ist sicherlich ein bisschen komisch und neben dem Takt, aber sie ist immer besorgt um mich und mein Wohlergehen. Und auch sie freute sich, als wir uns wieder besuchen konnten.

»Wir haben uns so lange nicht gesehen. Ich habe mir gedacht, dass wir doch zusammen in den Urlaub fahren könnten!«

Ach du liebes Lieschen! Das ging dann doch ein bisschen zu weit.

Sie müssen wissen, dass meine Tochter ein Stück neben der Spur läuft, auf der sich das Leben so abspielt. Sie ist esoterisch veranlagt und macht allen möglichen Zinnober mit Kleintieren. Sie hat extra Globuli für Katzen entwickelt und zum Patent eingereicht, weil die normalen Zuckerperlen angeblich zu stark dosiert sind. Sie hat auch Orakelkarten für Wildvögel, die verkauft sie zusammen mit Vogelhäuschen und Bio-Grassamen, sodass jeder nicht nur die gefiederten Besucher füttern und bestimmen, sondern ihnen auch gleich noch das Horoskop legen kann. Ja, Ideen muss man haben! Urlaub bei Kirsten sieht so aus, dass sie unter brütend heißer Sonne durch fremde Länder pilgert und da neues

Joga rescherschiert und Heilsteine sammelt. Ich musste sie vor ein paar Jahren vom Zoll abholen, weil sie mit getrockneten Kräutern erwischt worden war, die hier unter das Betäubungsmittelgesetz fielen. Fragen Se nicht! So stelle ich mir Urlaub eigentlich nicht vor, und ich überlegte schon, ob ich wohl auf die Hitze, das beschwerliche Reisen oder Ilses Geburtstag setzen sollte, wenn es um eine Ausrede ging.

Kirsten bemerkte mein Zögern und ließ ihre Überraschung aus dem Sack.

»Was hältst du davon, wenn wir im Mai nach London fliegen und bei der Krönung von König Charles dabei sind?«

Sie machte eine erwartungsvolle Pause, und ich sage Ihnen die Wahrheit: Mir blieb fast das Herz stehen.

Aber nur ganz kurz, vor Freude.

Gleich danach schlug es mir bis zum Hals, und mir wurde heiß und kalt.

Zur Krönung vom neuen König von England?

Als ob das Kind mir in den Kopp gucken und meine Träume lesen könnte!

Ich wusste gar nicht, was ich sagen sollte. Meine Gedanken schlugen Purzelbäume. Was zieht man denn da an? Ilse musste Katerle füttern. Und wir bräuchten extra Stecker, die Engländer haben doch anderen Strom! Wenigstens haben sie die Toiletten so, wie wir sie kennen. Lotte Lautenschläger hat berichtet, ihre Tochter war im Urlaub in Frankreich, und da hatten die Hocktoiletten. Da sind nur so

Löcher im Boden und Griffe zum Festhalten! Nee, wissen Se, ich war fix und fertig, als ich das gehört habe. So könnte ich nicht. Wie soll das denn gehen? Zwei Hände braucht man, um den Rock zu raffen, zwei zum Festhalten und eine, um die Handtasche zu halten. Da hatte ich mindestens drei zu wenig, um das … um das Geschäft unfallfrei zu erledigen. Gott sei Dank hatten die Engländer die Keramik so, wie wir sie kennen.

Mein Reisepass war noch gültig und …

Ich bedankte mich wortreich und musste mir die Freudentränen verkneifen. Kirsten meinte, sie hätte es mir wohl schonender beibringen sollen und machte sich Vorwürfe, dass mich das alles zu sehr aufregt. Ich musste versprechen, zwanzig Hoffmannstropfen auf einem Stückchen Würfelzucker zu nehmen, wenn wir aufgelegt hatten. Jajaja. Ich genehmigte mir einen kleinen Korn und rief meine Freundin Gertrud an, um ihr davon zu berichten. Die platzte fast vor Neid! Ihre Tochter schickt bestenfalls eine Flasche Doppelherz zu Weihnachten, wenn überhaupt.

Meine Kirsten würde mit mir nach London fliegen, wo wir am Straßenrand stehen und klatschen würden, wenn das Empeier einen neuen König krönte. Und ich, Renate Bergmann, geborene Strelemann, direkt dabei! Das ging mir gar nicht in den Kopf, ach, ich war so aufgeregt und wäre gar nicht in den Schlaf gekommen an dem Tag, hätte ich mir nicht ausnahmsweise noch einen Schlummerkorn gegönnt.

Auf einem Bein kann man schließlich nicht stehen!

Trotzdem schlief ich schlecht und unruhig, was aber bei so einer Nachricht nicht verwunderlich ist. Damit müssen die Nerven erst mal zurechtkommen. Am nächsten Morgen wurde ich erst nach sieben wach, überlegen Se sich das mal! Wie so ein unstetes, jungsches Ding, das bis in die Puppen tanzen war und nun am Morgen nicht aus dem Bett kam. Aber es blieb eine Ausnahme.

Es ist ja so eine Sache mit dem Königshaus. Die einen finden es lächerlich und aus der Zeit gefallen, und die anderen sind fasziniert. Ich sehe das durchaus auch kritisch, erst recht wegen der Kosten und der vielen Eskapaden, die sich einige Leute aus diesen Kreisen im Laufe der Jahrzehnte geleistet haben. Gerade der Charles, der nun König ist, ist nie ein Kind von Traurigkeit gewesen, da muss man sich gar nichts vormachen. Aber wie heißt es so schön: »Die Erinnerung malt mit goldenem Pinsel.« Und so wollen wir alle nicht mehr in den Geschichten graben, in denen er … ich traue mich gar nicht, das zu schreiben! … in denen er das Höschen von Camilla sein wollte.

Jetzt sollten Sie mal sehen, was ich für einen roten Kopf habe beim Tippen. Aber so war es, so hat er es am Telefon zu ihr gesagt. Es sind sogar Bänder davon überliefert. Er hat es zur Camilla, der neuen Kosackenkönigin, genau so gesagt.

Moment, entschuldigen Se bitte kurz …

Ilse sagt, man kann »Queen Consort« nicht mit Kosackenkönigin übersetzen.

Auch nicht Konsortenkönigin.

Na, dann sage ich es eben englisch: Queen Consort. Gefährtin oder Begleiterin des Königs. Man muss da wirklich genau auf die Titel gucken und auch auf die Aussprache achten, es ist nicht leicht. Der Philip, der Mann von Königin Elisabeth, der war zum Beispiel kein King Consort, obwohl man das hätte vermuten können. Der war Herzog von Edinburgh. Das wird ganz komisch gesprochen, nicht BURG hinten, sondern BUROHHHWWWW. Wenn man es richtig betont, klingt es ein bisschen so, wie wenn ein Hund bellt. Wenn es sich anhört wie Norbert, so heißt die Doberdogge von Gertrud, dann haben Se es richtig ausgesprochen.

Jedenfalls muss der Mantel des Schweigens schon Größe 56 haben, den man über solch schmuddelige Angelegenheiten breitet, und trotzdem bleibt es unangenehm bis heute. Aber nun sind die Dinge, wie sie sind, und Charles ist König, und er wird bestimmt ein guter sein. Da glaube ich ganz fest dran. Trotz aller Fehltritte hat die Elisabeth ihm beigebracht, was er wissen muss. Lange genug Zeit zum Üben hatte er nun wirklich, es kann keiner sagen, dass er ins kalte Wasser geschmissen wird.

König ist er ja außerdem schon, auch wenn die Krönung nun erst erfolgt. Die Engländer haben das so geregelt, dass er in dem Moment, wo die Königin ihren letzten Atemzug getan hat, automatisch Regent wurde. Ihm das Krönchen auf den Kopp zu setzen mit Musike und allem Brimborium, das ist hinterher nur fürs Protokoll und fürs Fernsehen.

Gleich am Tag, nachdem Kirsten mir erzählt hat, dass sie mit mir reisen will und alles spendiert, bin ich zu Ilse und Kurt, um auch ihnen zu berichten.

Ilse ist meine herzensgute Freundin, eine ganz treue Seele, mit der ich alles besprechen kann. Wenn man schon gemeinsam auf der Schulbank saß und durch Dick und Dünn gegangen ist, erzählt man sich so was, das ist ja ganz klar.

Ilse freute sich für mich und sagte süffisant: »Dann kannst du ja dein Kleid anziehen!«

Schon wie sie »dein Kleid« betonte, war gemein. Ihr huschte so ein ganz feines Lächeln um die Mundwinkel. Nee, eigentlich war es schon nicht mehr fein, es war schon ziemlich von oben herab und auch ein bisschen schadenfroh. Es ist nämlich so, dass ich vor Jahren mal aus Versehen ein Abendkleid gekauft habe, das Prinzessin Diana getragen hat. Es war beim Ebay, ich wollte nur gucken und »gefällt mir« drücken, wie ich es beim Fäßbock immer mache, ich schwöre Ihnen das! Aber dort ist alles irgendwie anders. Na, da ist es eben passiert. Ich wollte noch abbrechen und habe auch das Händi, das ich seinerzeit ganz neu hatte, gleich ausgestellt, aber vorher habe ich noch was bestätigt, was wohl die Bezahlung gewesen sein muss. Es ist ja nun auch schon alles lange her, und ich will keine ollen Kamellen aufwärmen. Ilse fing damit an, nicht ich! Auf dem Händi war jedenfalls noch alles auf Stefan eingestellt, was mein Neffe ist. Der hatte mir den Apparat gegeben, damit ich erreichbar bin und damit ich Laut geben kann, wenn mal was ist. Hihi, der hielt seine alte Tante aber für so schüchtern und ängstlich und dachte nicht, dass die an die Äppse geht, zu denen er »brauchst du nicht« gesagt hat.

Ja, er war schon immer ein bisschen einfältig, der Stefan. Aber lieb! Na, wie dem auch sei, es wurde wohl bei ihm was abgebucht, was ihm nicht gefiel – genau genommen dreitausendfünfhundert Euro. Da stand er wutschnaubend vor meiner Tür, und zwar mit einem Paket unterm Arm, in dem ein wunderschönes rotes Abendkleid von Lady Di lag. Was hat der Junge sich aufgeregt! Ich musste mich ganz schön ins Zeug legen, um ihn zu beruhigen. Der Verkäufer hat das Kleid zurückgenommen, was ich im Grunde genommen bis heute sehr schade finde, aber Stefan war nicht zu erweichen. Ich musste froh sein, dass der sich nicht mit Kirsten verbündet und nach einem Heimplatz oder einer Betreuerin für mich gesucht hat. Im Grunde war es sogar ziemlich dumm, denn erst vor ein paar Wochen stand in der Zeitung, dass ein Kleid von Prinzessin Diana für fast eine halbe Million Euro versteigert wurde. Den Artikel habe ich ausgeschnitten und Stefan geschickt, sollten Se aber mal nicht denken, dass der dazu was gesagt hat.

Ilse wusste ganz genau, dass ich die wunderschöne Robe nicht im Kleiderschrank hängen hatte, sondern dass sie retour ging. Ein bisschen gemein war ihre Bemerkung also durchaus, aber unter uns Freundinnen geht das noch als Neckerei durch.

Ich ging da auch gar nicht drauf ein, sondern schüttelte nur den Kopf. »Was denkst denn du, wie das wird, Ilse?«, schimpfte ich mit ihr, während ich in ihrer Küche ein bisschen klar Schiff machte. Die räumt nach dem Spülen nicht mal das abgewaschene Geschirr weg! »Wir sind doch nicht mit den Hoheiten im Palast, wo wir Abendkleider und Diademe tragen müssen. Wir stehen am Straßenrand! Wenn wir Glück haben!«

So dichte kommt man nämlich gar nicht unbedingt ran, das weiß man doch aus dem Fernsehen. Wenn die Hoheiten vom Schloss zur Geburtstagsparade fahren, sieht man es. Die Menschen drängen sich dicht an dicht und winken mit Fähnchen. Wenn man da nicht früh ansteht, ist man weit weg von der Paradestrecke und steht in Reihe sieben. Da sieht man doch nichts! Wie damals beim Flippers-Konzert, als Wilma Kuckert vor mir saß und ich den ganzen Abend lang auf ihren hochgesteckten Dutt starrte. Und selbst wenn man es in die erste Reihe schafft, sieht man dann vielleicht nur kurz die Kutschen vorbeirauschen und kann bestenfalls ein kurzes Winken der Majestäten erhaschen. Man darf da nicht zu viel erwarten, aber das Dabeisein allein ist aufregend genug.

Die Engländer haben ja keine festen Zeiten, wann so eine Krönung zu erfolgen hat. Es ist auch nur ein zeremonieller Akt, denn wie ich schon sagte: In dem Moment, wo die Königin hinübergeschlafen ist, war Charles der König. Er musste da auch nichts unterschreiben und nicht zum Bürgeramt und auch nichts schwören, das holen die alles nach, wenn sie die Zeit für gegeben halten. Wobei, wenn ich es recht überlege – bestimmt musste der doch zum Bürgeramt. Schließlich hieß er jetzt Charles III. Das muss doch in den Ausweis eingetragen werden! Oder ob da das Standesamt zuständig ist? Da ist es ja noch schwerer, einen Termin zu bekommen als auf dem Bürgeramt! Vielleicht wurde die Krönung auch deshalb erst im Mai angesetzt. Man wartet aber auf jeden Fall auch eine angemessene Trauerphase um den verstorbenen Monarchen ab. Aber wie lange diese Zeit dauert, das ist nicht festgeschrieben. Und dann geht das Überlegen los. Das ist Politik und im Grunde ähnlich, wie wenn man einen Hochzeitstermin festlegt.

Man will vor allem schönes Wetter bei so einem Fest. Deshalb fand die Krönung von Elisabeth römisch zwei damals – ach Gott, es ist 1953 gewesen! – Anfang Juni statt. Sie hat ja auch ihre Geburtstagsparade immer am zweiten Sonnabend im Juni abhalten lassen, obwohl sie im April ihren Ehrentag hatte. Die Queen hoffte immer auf schönes Wetter, aber wie das so ist: Man hat da nie eine Garantie. Die standen einige Male im strömenden Regen zwischen den Gäulen, dafür sengte die Sonne im nächsten Jahr wieder so doll, dass die Soldaten unter ihren Bärenfellmützen der Reihe nach Kreislauf kriegten und wegsackten.

Wir haben ja jetzt auch Klima, und da muss man ein bisschen drauf gucken. Schließlich war die letzte Krönung vor 70 Jahren, und das Wetter damals im Juni ist mit dem Wetter heute im Juni gar nicht mehr zu vergleichen. Dieses Mal hat sich der Charles nun Anfang Mai ausgesucht, und zwar einen Sonnabend. Das ist geschickt. Da muss er den Untertanen nicht einen Tag Extraurlaub geben, damit sie winken können, so kommt er billiger weg. Also, er als Land. Er ist ja als König nicht nur eine Person, er ist nun auch das ganze Land und das Empeier und sowieso alles. So dachte ich zumindest, aber dann haben sie bekannt gegeben, dass es am Montag drauf doch einen Tag frei gibt. Wenn man bedenkt, dass es am Tag der Beerdigung der Königin auch schon einen Sonderfeiertag gab, muss man staunen und ihm gute Gesundheit wünschen. Oft können die sich das bestimmt nicht erlauben!

Anfang Mai ist auf jeden Fall lange genug nach dem Ableben der Königin, um die Pietät zu wahren, und trotzdem beizeiten. Bei Männern darf man ja offen über das Alter sprechen, und ich nehme da auch kein Blatt vor den Mund: Der Mann wird 75, da muss man gucken, dass man dem die Insignien der Macht bald in die Hand drückt, bevor ihm was passiert. Verstehen Se mich nicht falsch, ich wünsche ihm ein langes Leben. Aber keiner meiner vier Ehemänner hat die 75 erreicht. Sicher, er hat bestimmt gute Pflege und ist mit den Tabletten von Fachleuten eingestellt. So jemand muss ja bestimmt nicht monatelang auf einen Termin beim Facharzt warten. Trotzdem, wir haben das ja nun auch gerade durch: Jeder dachte, weil die Königinmutter, also die noch ältere Elisabeth, weil die 101 Jahre alt geworden ist, würde Königin Elisabeth mindestens genauso lange leben. Es konnte sich doch im Grunde niemand vorstellen, dass die früher abberufen wird! Deshalb war der Schock so groß. Und es gibt keine Garantie, dass der Charles nun auch über 90 wird, da können se noch so oft und so laut singen und brüllen: »Lang lebe der König!« Gucken Se dem mal auf die Finger, ganz dick und geschwollen sind die. Das ist kein gutes Zeichen, ich bin kein Doktor, trotzdem sieht das für mich nach Gicht aus. Ich will nichts herbeireden, aber das ist schon richtig, dass sie dem so zügig wie möglich Krone, Halfter und Apfel in die Hand drücken.

Nee, nicht Halfter.

Zepter.

Ach, ich werfe alles durcheinander, wissen Se, das kommt daher, dass die doch so verrückt nach Pferden sind bei Hofe. Die Elisabeth ganz besonders, über die soll sogar ihr Mann, der Prinz Philip mit einem P gesagt haben: »Wenn es nicht furzt und kein Heu frisst, ist die Königin nicht daran interessiert.« So verrückt ist Charles wohl nicht, aber trotzdem sind sie ja ganz wild auf Kutsche fahren, Parade abnehmen und zur Jagd reiten. Sogar Polo hat der gespielt, und bei allem sind immer Pferde mit dabei.

Aber noch mehr als mit Pferden ist König Charles wohl in Richtung bio unterwegs. Der hat schon ohne Dünger im Garten wirtschaften lassen, als das Thema noch nicht bei allen ganz oben auf dem Zettel war. Das muss man ihm lassen. Da ist er ein Vorreiter. (Hihi! Sehen Se! Schon wieder was mit Pferden!)

Der Termin Anfang Mai hat seine Vorteile, ganz eindeutig. Er ist für eine Krönung prima geeignet und auch eine angenehme Reisezeit. Da sind die Nächte noch nicht so heiß und stickig. Oft ist es im Sommer gerade in Großstädten doch so, dass einen die Hitze kaum ein Auge zutun lässt, und man muss, wenn das Hotel so was hat, die Klimapuste anstellen. Die drückt die Temperatur dann jedoch wieder runter wie in Fleischer Lehmanns Kühlhaus, und man erkältet sich. Im Mai konnte man damit rechnen, dass man tagsüber angenehm frühlingshaftes Wetter hatte und nachts gut schlafen würde. Aber für mich als Witwe brachte der Zeitpunkt Anfang Mai Probleme mit sich. Wissen Se, das ist die Zeit, wo ich täglich auf die Friedhöfe muss. Die Frühjahrsbepflanzung mit den Stiefmütterchen, die den Frost vertragen, ist da schon ganz zerzaust und braucht täglich Pflege, damit es nicht liederlich aussieht. Um die Begonien oder Geranien zu setzen, ist es noch zu früh, denn ab dem 11. Mai kommen erst noch die Eisheiligen mit der Gefahr, dass es noch mal Bodenfrost gibt! Es war wirklich schwierig für mich, die Gießdienste zu organisieren. Ich habe vier Männer auf vier Friedhöfen über ganz Berlin verteilt liegen. Die Vertretung kann ich einer Person nicht allein zumuten. Walter ist kein Problem, der liegt bei Gertruds Gustav um die Ecke. Und auch wenn sie beim Harken mal schludert und am Fußende kein Muster harkt, ist im Großen und Ganzen doch Verlass auf sie. Was Wilhelm angeht, gab es das größte Problem, denn der liegt draußen in Karlshorst. Das ist ein Weg von einer guten Stunde von Spandau, und auch nur, wenn nicht wieder Schienenersatzverkehr ist. Aber da arbeitete ich mit List und Tricks: Ich bat einfach Kurt. Kurt fährt so gerne Auto, und mit dem Argument »Ilse, wir müssen für Renate gießen, ich habe es ihr versprochen« würde diese sich dem auch nicht verwehren und mit ihm im Koyota in den Osten zuckeln, um meinem Wilhelm ein paar Kannen Wasser zu verabreichen. Bei Franz und Otto habe ich über die Jahre mit den die Nachbargräber harkenden Witwen Gießfreundschaften aufgebaut, die konnte ich bitten. Die übernahmen das gern. Dafür bin ich auch mal wieder gefällig. Wenn Ursel mit ihren Wanderfreundinnen in die Eifel reist, harke ich ihren Josef mit. Eine Hand wäscht die andere, und eine Witwe gießt den Nachbarn mit, sozusagen. Das ließ sich alles organisieren, daran sollte die Reise nicht scheitern!

Das sind so Sorgen, die die hochwohlgeborenen Herrschaften nicht haben. Ich glaube kaum, dass die selber jeden zweiten Tag zum Harken und Gießen nach Schloss Windsor zur Königin rausfahren. Die Camilla bestimmt nicht, die ist ja selber schon in dem Alter, wo das Knie und die Hüfte sich melden und wo man zum Unkrautjäten gar nicht mehr so leicht runterkommt. Die Kät auch nicht, die hat mit den Kindern zu tun, na, und Prinzessin Anne ist die Fleißigste von allen mit den meisten Terminen fürs Brücken-Einweihen, die hat gar keine Zeit. Die Dame aus Amerika, die mit Prinz Harry verehelicht ist, wollte mit der ganzen Familie sowieso nichts mehr zu tun haben und fährt bestimmt nicht zum Gießen raus, wenn sie überhaupt mal in London ist. Die werden wohl eine Gärtnerei beauftragt haben, die sich kümmert. Für mich wäre das ja nichts. »Wer erbt, muss auch gießen«, heißt es, und nicht: »Wer erbt, bezahlt einen Gärtner, der alle paar Wochen lieblos ein paar Kannen Wasser auf das Grab plempert.«

Am Ende noch mit dem Schlauch!

Habe ich alles schon gesehen!

Sicher, die liegen da ja alle in einer Gruft, die Elisabeth und der Philip und die Schwester Margaret dazu, bei den Eltern. Da muss nicht viel geharkt und gegossen werden, aber frische Blumen müssen doch hin und wieder aufgestellt werden, und die Grabsteine gehören auch abgestaubt und poliert. Aber das müssen die selber wissen, ich halte mich da raus. Ich lasse mir allerdings nichts nachsagen und kümmere mich selbst um meine Männer, solange ich es irgendwie kann.

Ach, das war ein trauriger Tag, an dem die Königin starb. Es ging schon damit los, dass ich morgens so ein komisches Gefühl hatte. Kennen Se das? Es tut nicht wirklich was weh, und es ist einem nicht schlecht, aber irgendwas ist. Meist passiert dann was: Entweder Katerle würgt sein Frühstück hoch, Frau Berber bummst beim Ausparken gegen den Hydranten, oder man steigt in den falschen Bus. Aber es kam viel schlimmer!

Bald nach dem Mittag – ich hatte mich eine halbe Stunde aufs Schäselong gelegt und ein bisschen geruht – kam die Nachricht: Der Königin geht es nicht gut, hieß es, die Ärzte wären sehr besorgt. Na, da wusste ich Bescheid. Wissen Se, ich bin keine große Meisterin der Diplomatie. Bei mir werden die Dinge gesagt, wie sie sind. Aber trotzdem kann ich zwischen den Zeilen lesen. Das Königshaus ist immer sehr diskret und durch die Blume. Die würden nie sagen: »Heute war das Fieber schon runter auf achtunddreißig vier, aber der Hals ist noch verschleimt.« Bei Herrschaften von edlem Geblüt spricht man nicht über körperliche Zustände und

Vorgänge, das verbietet die Etikette. Deshalb war es ein sehr deutliches Zeichen, dieses »Die Ärzte sind sehr besorgt«. So was sagten sie sonst nie! Und fast noch wichtiger war eine andere Information. In dem Schreiben, das der Palast veröffentlich hatte, stand nämlich ausdrücklich, dass die Königin nicht in ein Krankenhaus gebracht worden ist.

Wer da zwei und zwei zusammenzählte, wusste, was los war. Die Ärzte sind besorgt, aber sie bringen sie nicht in ein Krankenhaus? Ich wollte eigentlich gar nicht aussprechen, was ich dachte, aber ich rief trotzdem Ilse an. Sie musste mir beistehen, und ich wollte auch hinterher keine Vorwürfe hören, dass ich nichts gesagt hatte. Sie ließ Kurt gleich den Koyota aus der Garage holen und sich zu mir chauffieren. Wir waren beide traurig, aber gefasst.

Kaum war Ilse hier, kam dann auch die nächste Depesche, nämlich dass sich die Kinder der Königin auf den Weg ans Krankenbett gemacht haben, und da muss auch dem Letzten klar geworden sein, dass es zu Ende geht. Wir guckten englisches Fernsehen über den Computer, denken Se nur, was heute alles möglich ist! Stefan kam rum, stellte uns den Sender ein, und Ilse übersetzte. Es war ein trauriger, für uns beide schwerer Abend. Als dann der Nachrichtensprecher einen schwarzen Schlips umgebunden hatte und die Nationalhymne gespielt wurde – die englische natürlich – da fasste Ilse meine Hand, und wir weinten beide. Sie musste da auch nichts mehr übersetzen. Nach allem, was man heute weiß, haben es wohl nur Prinzessin Anne und Prinz Charles noch geschafft, sich von ihr zu verabschieden. Alle anderen kamen zu spät, so schnell ist es gegangen. Das ist in gewisser Weise doch auch tröstlich, zu wissen, dass sie nicht lange hat leiden müssen und sogar bis zum letzten Tag gearbeitet hat.

Wissen Se, als der erste Schreck vorüber war und man sich darüber klar wurde, dass hier ein erfülltes, langes Leben friedlich zu Ende gegangen war, dachte man auch über dieses und jenes nach. Mir kam zum Beispiel in den Sinn, dass sie Hitler überlebt hatte, dass sie schon auf dem Thron saß, als Stalin noch sein Unwesen trieb, und dass sie Politik von Winston Churchill gelernt hatte. Und dann sind die beiden letzten Politiker der ungekämmte Flegel Boris und die Nachfolgerin, die nicht mal richtig knicksen konnte. Die … na! Jetzt fällt mir doch glatt der Name nicht mehr ein. Elisabeth hieß sie, ja, wie die Königin, und sie war für ein paar Tage Premierministerin. Man muss sich den Namen aber auch nicht merken, die war ganz fix wieder weg. Schneller, als ein Salatkopf vergammelt. Als ihr Nachfolger dann später zum neuen König Charles kam und sich vorstellte, sagte er: »Guten Morgen, Herr König, ich bin der Nachfolger von Elisabeth!« Da soll der Charles gesagt haben: »Ich auch, Herr Premierminister, ich auch.« Es hat sich bestimmt nicht wirklich so zugetragen, aber nett ist die Geschichte, finden Se nicht?

Nun ist Charles also König. Mir kommt jedoch

immer noch ganz automatisch »Prinz Charles« über die Lippen. Bei »König Charles« stolpern meine Gedanken sofort. Prinz ist so fest verbunden mit seinem Namen, dass man denkt, es gehört zusammen und steht so im Ausweis. Genau wie bei »Ulknudel Helga Hahnemann« oder »Bahnchef Mehdorn«. Da dachte man doch auch, die heißen mit erstem Namen so, genauso, wie Prinz der erste Name vom Charles ist! Ist er aber nicht. Charles Philip Arthur George heißt er. Na, an Vornamen haben die nie gespart, genauso wenig wie an warmer Unterwäsche. Das muss auch sein, so oft, wie der Schottenrock trägt.

Nicht mal Lady Di konnte sich die Namenskolonne merken! Ich weiß noch genau, bei der Hochzeit damals in St. James, da saß ich mit Gertrud vor dem Fernseher. Wir hatten zwar noch Schwarz-Weiß, aber hören konnten wir auch ohne Dolbie-Rund-Rund, dass sie sich verplappert hat. Als sie dem Herrn Erzbischof nachsprechen sollte, sagte sie »Philip Charles Arthur George«. Sie hat die Namen vertauscht! Da hätte man gleich merken müssen, dass auf der Ehe kein Segen lag, aber damals tat man es ab und entschuldigte es damit, dass sie ein jungsches Ding war und sehr aufgeregt. Es dauerte gute zehn Jahre, bis das Drama so ins Rollen kam, dass man sich daran erinnerte und sagte: Man hätte es wissen können. Genauso, wie Prinz – damals war er noch Prinz! – Charles bei der Bekanntgabe der Verlobung gefragt wurde, ob er seine Braut liebt, und er stammelte: »Sicher. Was auch immer Liebe bedeutet.« Also wirklich! Dem hätte man die Hammelbeine langziehen sollen.

Die Ohren nicht, die sind schon lang genug.

So ein Flegel!

Zunächst war das alles ganz schön ungewohnt, dass Charles König ist. Es gab Menschen, die wussten gar nicht, dass ein Mann nicht Queen heißt, wenn er König wird. Man gewöhnt sich eben daran, wenn es jahrzehntelang so gesagt wird. Also, Queen Charles klingt auch nicht viel verkehrter als König Charles, wenn Se mich fragen. Aber wir haben uns auch daran gewöhnt, dass ein Mann Bundeskanzlerin werden kann und dass es dann ein bisschen anders heißt, da werden die Engländer auch damit zurechtkommen, dass sie nun King statt Queen sagen müssen. Und singen! Die singen ja in der Nationalhymne immer, dass dem Regenten ein langes Leben gegeben sein soll. Da lässt sich »Queen« aber ganz leicht durch »King« ersetzen, da muss man die Melodie nicht ändern. Das haben die schon geschickt gemacht. Nach so langer Zeit ist es aber auch normal, dass man ein bisschen braucht, um sich umzugewöhnen. Siebzig Jahre am Regieren, das sagt sich einfach so leichthin. Das muss man sich mal am praktischen Beispiel vorstellen: Die Queen saß 63 Schalke-Trainer lang auf ihrem Thron. Überlegen Se sich das mal! Das stimmt genau, ich habe Kurt nachzählen lassen. Kurt muss da auch nicht zählen, er sagt sie Ihnen auswendig auf, wenn Sie wollen. So was weiß der. Männer wissen so einen Quatsch. Wie viel Löffel Kaffeepulver er reintun muss, wenn er sechs Tassen brühen soll, das weiß er nicht, aber die Schalke-Trainer seit 1930, die kennt er.

Ja, so sind sie, die Männer, aber alles in allem ist Ilse froh, dass sie Kurt hat. Ach, die beiden! Wir lachen so oft. Erst neulich, als Ilse Kurt eine Kneipen-Tour versprochen hat und er ganz freudig einwilligte. Jedenfalls, bis sich herausgestellt hat, dass er nicht richtig zugehört hatte. Ilse hat Kneipp-Kur gemeint und nicht Kneipen-Tour! Ganz schön begossen stand er da, der Kurt. Hihi.

Ich wurde im Laufe der Jahre immer skeptischer, ob sich das noch lohnt, dass der Charles auf den Thron geht.

Huch, das war jetzt missverständlich.

So meine ich es nicht!

Also, dass er der Elisabeth auf dem Thron folgt. Je länger sie regierte, desto älter wurde Prinz Charles ja auch. Jetzt geht er stramm auf die 80 zu. Ich bitte Sie, in dem Alter fängt man doch keine neue Arbeit mehr an! Und wenn, dann vielleicht für ein paar Stunden, als Nachtwächter, wenn man sowieso schlecht schläft, oder als Garderobendame. Aber doch nicht als König! Das hat ja auch viel mit Reisetätigkeit zu tun, und ich kann Ihnen aus Erfahrung sagen, dass das sehr anstrengend ist.

Ich hätte es deshalb richtig gefunden, wenn er gesagt hätte: »Tradition ist gut und schön, liebe Landsleute, aber wissen Se, jetzt haben Sie mit angeguckt, wie es Mutter schwerer und schwerer fiel, im Laufe der Jahre die Pflichten zu erfüllen und wie sie doch stark abgebaut hatte in der letzten Zeit. Bei mir kommt das auch nicht anders, da müssen wir uns gar nichts vormachen. Camilla hat auch den Blutdruck hoch und öfter die Füße dick, wenn sie lange stehen muss. Sie brauchen jetzt einen jungen König. Mutter dürfte das nicht wissen, sonst hätte die mir eins hinter die großen Ohren gegeben, aber ich habe mit William besprochen, dass ich das nicht mache und er gleich übernimmt. Thron und Krone und Zepter und alles Pipapo. Der steht voll im Saft und hat eine patente Frau, seine Kät, meine Schwiegertochter, und drei prima Kinder. Der macht das, der regiert Sie eins a! Und wenn er Fragen hat, bin ich ja noch da und helfe gern aus, auch wenn mit den Kindern mal was ist oder er Elternabend in der Schule hat. Hier ein Schiff taufen und da einen Bahnhof eröffnen, das ist kein Problem, da springe ich ein. Aber so richtig König? Das ist auf meine alten Tage nichts mehr.«

Hat er aber nicht gesagt. Na, dann ist es eben so. Ich habe mich da nicht einzumischen und dem ungefragt Vorschläge zu machen, aber man wird sich ja noch seinen Teil denken dürfen, oder? Es wurden ja schon schlechte Witze gerissen, als die Königin aufgebahrt in London lag. Eine Schlange hatte sich gebildet, wie sie England noch nie gesehen hat. Durch die ganze Stadt, zig Stunden lang standen die Leute an, um ihrer verstorbenen Queen die letzte Ehre zu erweisen. Kilometerlang war die Schlange. Es machte schon der Scherz die Runde, dass man sich nicht mehr anstellen soll, denn es könne niemand garantieren, dass nicht Charles da läge, wenn man dran wäre.

Wir aber flogen nicht zur Trauerfeier, sondern zur Krönung. Das wäre zu kurzfristig gewesen, sagte Kirsten. Sie hatte wohl schon seinerzeit daran gedacht, mich zu überraschen, aber dann sah sie, wie traurig ich war. Und spätestens als sie sich nach den Preisen für Hotelzimmer erkundigt hatte, war das Thema wohl ganz schnell erledigt. Sie hat keine Summen genannt, aber sie musste wohl zur Beruhigung acht Eierwärmer in Form von Waldohreulen filzen, um über den Schreck hinwegzukommen. Jetzt, mit ein bisschen Vorlauf, hat sie unsere Anverwandte Barbara kontaktiert, die in London lebt und die mir schon mal sehr geholfen hat.

Vor ein paar Jahren meinte Kirsten, ich soll sie über Weihnachten in Brunsköngl im Sauerland besuchen. Sie fand, dass es im Zug zu beschwerlich für mich ist, und organisierte, dass ich mit dem Flugzeug von Berlin nach Köln reiste.

Bin ich dann auch.

Nur ging das nicht ohne Ärger ab, denn ich bin in ein falsches Flugzeug gestiegen und statt in Köln in London gelandet. Fragen Se mich nicht, wie das passieren kann, ich will Sie auch nicht langweilen und das alles noch mal aufschreiben. Auf jeden Fall fand ich mich Weihnachten statt in Brunsköngl bei Kirsten zwischen Therapiehunden und Klangschale auf einmal in London wieder und wusste weder ein noch aus. Gott sei Dank bleibt einem, wenn man vier Männer begraben hat, die alle reichlich Mischpoke hatten, die eine oder der andere Verwandte im Sinn. Barbara, eine aus der Sippe meines ersten Mannes Otto, lebte in London, das wusste ich zum Glück. Die Polizei half mir, sie ausfindig zu machen, und sie nahm mich herzlich auf und half mir aus dem Schlamassel. Die Frau ist in der Familie seither im Ansehen sehr weit nach oben gerutscht, sowohl Stefan als auch seine Frau Ariane und auch meine Kirsten sprechen nur in den höchsten Tönen von ihr, weil sie die verlustig gegangene Mutti beziehungsweise Tante Renate wieder heil nach Hause geschafft hat. Kirsten hat sogar angeregt, ich solle Barbara in meinem Testament bedenken! Das geht aber nun doch ein bisschen zu weit, finde ich. Man muss es nicht übertreiben. Sie kriegt jedes Jahr eine Karte zu Weihnachten, und damit ist es gut.

Diese Barbara jedenfalls hatte wohl Kirsten mit ihren Beziehungen geholfen, ein bezahlbares Hotelzimmer für die Woche der Königskrönung zu finden. Na, da ließ ich mich nun doch überreden, wenigstens unter eine Sammeltasse ein Pflaster mit Barbaras Namen zu kleben. Die grüne mit dem Drachenmuster und dem Goldrand, wenn mich nicht alles täuscht, war die sowieso aus Ottos Familie als

Hochzeitsgeschenk zu mir gekommen. Da ist es nur Fug und Recht, dass sie wieder in den Schoß der Familie zurückkehrt, wenn ich dereinst mal nicht mehr bin. Kirsten fand das auch eine hübsche Idee und schlug sogar vor, dass ich mich jetzt schon davon trennen und sie Barbara als Geschenk mitnehmen sollte. Dass ich da nicht von selbst draufgekommen war! Das war noch viel besser, so konnte ich mir die Pflasterei mit den Erbinformationen sparen und noch selbst sehen, wie sie sich freut.

Man gibt doch lieber mit warmen Händen.

Kirsten sagte, sie würde dieses Mal kein Risiko eingehen und mich auf gar keinen Fall allein fliegen lassen, sondern vorher nach Berlin kommen und mit mir zusammen reisen. Es wäre wohl auch gegangen, dass sie von Köln und ich von Berlin geflogen wäre und wir uns in London getroffen hätten, aber in ihr wallte noch immer die Angst auf, wenn sie sich ausmalte, dass ich noch mal verbummelt werde. Mir war es ehrlich gesagt auch lieber so. Sicher, ich hätte mich schon durchgefragt, aber es ist ja doch immer so eine Sache mit dem Gepäck und ob man am richtigen Ausgang rausgeht. Außerdem hätten Stefan und Ariane es auch nicht zugelassen. Die sind doch sehr besorgt um mich – und zwar wirklich um mich und nicht um das Erbe! So was spürt man nämlich als alter Mensch, glauben Se mir das.

Kirsten meinte, es wäre übertrieben, schon um sechs am Morgen zum Flughafen zu fahren, wenn unsere Maschine erst um elf ging. Aber mir war das sicherer. Wissen Se, wir haben ja hier diesen neuen Flughafen … Ich will da gar nicht groß drauf rumreiten, es ist über mehr als zehn Jahre eine Geschichte zum Schämen gewesen für uns Berliner, dass die den nicht fertig gebaut bekamen. Und als er dann eröffnet wurde, mussten sie auch erst üben und staunten, was man da alles machen muss: Dass zwölf Hansels in der Sicherheitskontrolle nicht reichen, um Zehntausende Passagiere pro Tag zu kontrollieren, zum Beispiel, kam für die Verantwortlichen sehr überraschend. Und dass die Leute recht bald nach der Landung ihre Koffer zurückhaben wollten, damit hatte auch niemand gerechnet. Deshalb dauerte es manchmal Wochen, bis die Leute ihr Gepäck wieder zurückbekamen. Da hat man Geschichten gehört, nee, ich sage Ihnen, da will man im Boden versinken als Berliner. Schlangen von Menschen und Berge von Koffern, und das über Monate hinweg. Also, ich traute dem Frieden nicht, dass man da einfach hinfährt, den Koffer aufgibt, sich abpiepen lässt, einsteigt und losfliegt. Wir einigten uns darauf, dass wir um sieben losfahren. Ich druckte unsere Bordscheine – das sind die Flugbillets, wissen Se? – zu Hause aus. Angeblich geht das ja alles mit Händi und digital und ohne Papier, aber wie gesagt: Es ist Berlin. Da muss man mit allem rechnen, auch damit, dass sie keinen Computer haben, der das Händi lesen kann. Ich weiß noch, wie ich seinerzeit im Impfzentrum war und den Conora-Piks abgeholt habe. Die Soldaten hatten alles tipptopp organisiert und für einen flüssigen Ablauf gesorgt, aber als es zum Schluss darum ging, die Bescheinigung auszudrucken, hatten sie nur einen Drucker, der funktionuckelte. Und der hatte Papierstau, als ich endlich dran war.

Wer schreibt, der bleibt, heißt es so schön, und ich füge hinzu: »Wer ausdruckt, fliegt.« Stefan hatte mir irgendwas falsch eingestellt, jedenfalls kamen die Flugscheine in A4 raus, aber das ist ja egal.

»Kommen Sie mal bitte mit«, sprach eine uniformierte Frau zu mir, packte mich am Arm und führte mich in eine Kabine. »Haben Sie Waffen, Messer, Flüssigkeiten dabei?«, fragte mich das rabiate Ding. Ich guckte vor Schreck wohl ganz verdattert, jedenfalls krähte sie »ÄNNIE WEPPONS?« in meine Richtung. Ännie Weppmann, ja, die kenne ich, die hat ihren Mann schräg hinter Otto liegen und leiht sich manchmal meine Harke. Also nickte ich, und das muss ein Fehler gewesen sein. Kirsten schlug die Hände über dem Kopf zusammen, aber da war es schon zu spät. Sie brachten mich in eine Kabine, und ich musste den Koffer aufmachen. Sie drehten jeden einzelnen Schlüpfer und jedes Hemdchen auf links und nahmen einen Abstrich von meinem Gebissreiniger. Am liebsten hätte ich denen auf die Finger gegeben, und hätte sie die Sammeltasse für Barbara so grob angefasst wie mich, ich sage Ihnen, es hätte was gesetzt! Sie fanden natürlich nichts, aber dass Kirsten vor der Tür der Kabine lauthals krakeelte, das komplette Karmaschakra des »ganzen Ladens hier« wäre verschmutzt, machte es nicht besser. Wir kamen als Allerletzte zu unserem Flugzeug, alles wartete schon auf uns. Kirsten ist ja manchmal auch ein freches Ding. Sie sagte entschuldigend und sehr laut mitten im Gang: »Meine Mutter wurde noch nach Drogen und Waffen durchsucht!« Am liebsten wäre ich wieder ausgestiegen, so unangenehm war mir das. Die hielten mich jetzt bestimmt für eine Mafiaoma! Solche Worte von Kirsten, also wirklich. Sie hatte aber noch nicht genug Aufhebens gemacht, denn jetzt ging es erst richtig los.

Später beim Aussteigen meinte die Servierdame im Flugzeug zu mir, sie hätte wirklich schon viel erlebt. Klassenreisen, Junggesellinnen auf Feiertour nach Mallorca und einmal sogar ein Pärchen, das auf der Toilette probieren wollte, ob man wohl über den Wolken ein Kind zeugen kann, und dabei so unglücklich abgerutscht ist, dass die Tür aufflog. Aber dass jemand mit der Wünschelrute Schengpfui auswedelt und andere Leute bittet, die Plätze zu tauschen, das hatten sie noch nicht.

Ja, meine Kirsten.

Edelsteine sind ihr Wegbegleiter. Aber nicht wie bei unsereins, die ich den Verlobungsring meiner Mutter zu besonderen Anlässen trage, und erst recht nicht zu vergleichen mit den Kronjuwelen der königlichen Familie. Nein, meine Tochter bevorzugt Edelsteine, die Schwingungen und Energien transportieren. Kaum hatten wir endlich unsere ausgependelt richtigen Plätze, und die Energie konnte fließen, hatte Kirsten den linken Fuß unter die rechte Sitzlehne geklemmt, und es hieß: »Ach, Mama, gib mir doch mal die Bergkristalle aus dem Handgepäck, ich komme hier so schlecht hoch!« Eingekeilt hatte sie sich, und die alte, hüftoperierte Mutti musste überkopf im Gepäckfach nach den Heilsteinen suchen! Da wäre ich am liebsten schon wieder umgekehrt. So was ist doch peinlich!

Die nette Stewardess war wirklich berufserfahren und gestählt durch die Sonderwünsche von zickenden Knödelmädchen, aber Kirsten war dann doch eine Herausforderung für sie. Meine Tochter konnte auf dem ausgewedelten Shengpfuiplatz dann doch auf keinen Fall sitzen, weil die Reihenzahl – ich habe es ehrlich gesagt vergessen, welche es war – im Tarot für Unglück und Schmerzen für die alte Fee stand. Hätte sie bloß einfach gesagt, dass es ihr zieht, aber wenn sie gleich so anfängt, möchte man als Mutter, die danebensitzt, im Boden versinken. Das Servierfräulein war jedoch wie gesagt Kummer gewohnt und bot uns zwei Plätze an, auf denen es nun jedoch wirklich zog. Ich traute mich das kaum zu sagen, aber das Fräulein Platzanweiserin zwinkerte mir nur kurz zu und drehte dann an einer Düse, aus der Frischluft auf mich geblasen wurde. Ich kam mir vor, als würde ich vor einer Windmaschine stehen, wie beim Eurowischen-Singwettbewerb. Aber dann hörte das Gepuste auf, danach ging es, und ich lächelte ihr dankbar zu. Ich versuchte, auch eine kleine Entschuldigung für Kirsten mit in das Lächeln zu legen. Ich glaube, sie verstand mich schon, denn sie sagte nichts dazu, dass meine Tochter bereits wieder im Schneidersitz auf dem Flugzeugsitz klemmte, abwechselnd alle vier Finger ihrer Hände an die Daumen drückte und dabei unverständliche Rituale murmelte. Wissen Se, so ein Platz im Flugzeug ist nun wirklich nicht bequem, und man muss nicht außergewöhnlich übergewichtig sein, um da zu verkeilen, aber Kirsten schaffte es, sich im Jogasitz da reinzuklemmen und es entspannend zu finden. »So nah wie beim Flug ist man dem Sonnenreki sonst nie, Mama, das muss ich ausnutzen!«

Der Herr in der Reihe vor uns kratzte sich ein paarmal am Oberarm, wenn Kirsten ihn mit dem Zeh kitzelte, aber sonst passierte nichts Schlimmes. So ein Flug geht ja auch nicht ewig, man ist in gut zwei Stunden in London. Ich weiß das, es war ja nicht das erste Mal für mich, hihi! Und außerdem, wenn man in Berlin in die Ringbahn steigt und die ganze Runde um die Innenstadt fährt, ist man auch eine gute Stunde unterwegs. Ilse setzt Kurt manchmal da rein, wenn sie in Ruhe einkaufen will und nicht möchte, dass er ihr vor den Füßen steht und drängelt. Wenn sie im Handarbeitsgeschäft ist und Wolle kauft, zum Beispiel. Die Ringbahn ist eine Art Bälleparadies für Ehemänner, sagt sie, und singt bei jeder Gelegenheit ein Loblied auf die Monatskarte. Kurt fährt auch gerne mit der Bahn. Er findet immer einen Sitzplatz, erst recht, seit er den Gehstock hat. Damit kämpft er sich zur Not was frei. Wenn es ihm zu langweilig wird, macht er für ein paar Minuten die Augen zu und döst ein bisschen. Das Schlimmste, was passieren kann, ist, dass er eine zweite Runde fahren muss, weil er das Aussteigen verschnobbelt. Ilse kriegt die Zeit aber gut rum und guckt dann eben noch bei den Reißverschlüssen oder bei den Knöpfen.

Es ging dann alles gut und glatt, wir kamen ohne weitere Zwischenfälle in die Luft. Zu essen bekamen wir nichts, nur eine Kleinigkeit zu trinken, und selbst das wurde zeitlich schon knapp.

Man kennt das ja vom Bäcker, da halten die Wählerischen den ganzen Betrieb auf mit ihrem Spezialkaffee und welcher Schaum und welche Milch dran soll. Da steht man dann manchmal eine Viertelstunde in der Schlange, weil irgend so eine Vivienne mit Haarknoten auf dem Kopp nicht weiß, ob es nun Mandel-, Hafer- oder Sojaschaum sein soll. So ging das hier oben über den Wolken nun auch schon los! Meine Güte, die Leute sind so verwöhnt mit ihren individuellen Wünschen und können nicht einfach mal zwischen zwei Dingen wählen, die fix gehen – Kaffee oder Tee. Nee, die wollen bedient werden und merken gar nicht, dass sie damit den Betrieb aufhalten. Rücksichtslos ist das! Die Frau Pilotin sagte schon durch, dass wir jetzt mit dem Landeanflug beginnen und alle die Gürtel anbinden und an ihrem Platz bleiben sollten, da waren die Servierherren und -damen noch immer mit dem Ausschank beschäftigt. Im Ballettschritt mussten sie dann durch die Reihe flitzen und die leeren Becher einsammeln, und das nur, weil Leute wie meine Tochter Bio-Tee mit Lederwasser verlangt hatten.

Ayurvedawasser.

Unser Hotel war prima, da konnte man nicht meckern. Es war einfach und, nachdem ich mit dem Wischlappen und dem vom Zimmermädchen gemopsten Staubsauger einmal durch war, auch sauber. Es ist nie wie zu Hause, wissen Se, aber wenn es halbwegs reine ist, geht es schon. Den Weg vom Bett bis in das kleine Badestübchen legte ich mit den Handtüchern vom Hotel aus. Selbstverständlich hatte ich zum Abtrocknen eigene Frotteetücher von zu Hause mit. Mit solchen brettharten Dingern, wie die Hotels sie haben, bleiben Se mir weg. Die benutze ich nie. Ich habe da meine Erfahrungen gemacht. Eigene Handtücher sind ein Stück Zuhause in der Fremde und immer hygienischer!

Zum Frühstück mussten wir in den Keller. Der nannte sich Frühstücksraum. Dorthin musste man ein paar Stufen die Treppe runtersteigen, um in ein düsteres Verlies zu kommen. Es war sehr schlecht beleuchtet, nur mit ein paar wenigen trüb glimmenden Funzeln, und das war vielleicht auch besser so, denn so sah man den Dreck nicht so genau. Pfui Deibel, sage ich Ihnen! Hätte man die Lampen mal abgewischt, hätte das bestimmt schon Besserung gebracht. Es stand eine Dame, die knapp mein Alter hatte, am Tisch mit den Brotscheiben und der schnittfesten Marmelade. Darauf beschränkte sich die Auswahl im Wesentlichen, wenn man mal von der festen Quarkpaste absah, die wohl eine Art Butterimitat war. Jeden Morgen begrüßte sie uns, indem sie fragte: »Coffee or Tea?«, was wohl so viel hieß wie »Kaffee oder Tee?«. Dabei hielt sie zwei Kannen in der Hand. Es war aber letztlich ganz egal, was man wählte, denn es schmeckte beides gleich. Ich glaube, die Kannen hatten in ihrem Leben noch keinen Spüllappen gesehen, und es war wohl auch reiner Zufall, was am nächsten Morgen in die mit Grind zugesetzten Krüge kam – Coffee or Tea. Ich hätte der so viel zu sagen gehabt, aber sie konnte kein Deutsch, und Kirsten übersetzte alles, was ich die Frau fragen wollte, mit. »Lass gut sein, Mama«. Aber ich hatte mir ja auch vorgenommen, mich nicht aufzuregen und mich nicht ärgern zu lassen. Was ist schon ein miserables Frühstück gegen die Schangse, den König von England auf dem Weg zu seiner Krönung aus nächster Nähe zu sehen!

Kirsten hatte auch ihre Probleme mit dem Frühstück. Sie war ganz erpicht darauf, als Erstes am Morgen eine Tasse heißes Wasser zu trinken, nach Möglichkeit linksrum gerührt und nicht heißer als 91 Grad erhitzt, wegen der Energieinformationen für die Teilchen. Sie versuchte das der Dame auch zu sagen, aber wirklich für voll nahm die sie nicht. Kirsten wird auch hier mit solchen Wünschen im Restaurant oder Hotel nicht immer ernst genommen. Das lag nicht an der fremden Sprache, dass die Frau lachte. Kirsten war auch nicht zufrieden mit dem, was sie ihr brachte. Es war wohl heiß, ja, aber da die Tassen in diesem Etablissement genauso wenig gründlich abgewaschen wurden wie die Tee- und Kaffeekannen, bekam sie eine Art Blümchenkaffee mit Teearoma. Im Grunde genau das Gleiche, was aus den Kannen kam.

Kirsten reist ja immer mit einer Tüte Haferflocken. Sie frühstückt gern Müsli, aber da Müsli nach ihren Worten nicht gleich Müsli ist, wird das manchmal zu einem Problem. Mal sind ihr zu viele Rosinen drin, mal sind die Sonnenblumenkerne nicht recht und mal die Schokoladenstücken. Das mag sie alles gar nicht und sortiert es mit einer Pinzette aus. Zum Glück bin ich da in der Regel nicht dabei, wenn sie zu ihren Kursen reist und mit ihren Frauen auf den Jogamatten rumrollt, und kriege es nicht mit. Jedenfalls hat sie für den Fall der Fälle eine Tüte Haferflocken dabei, die sie sich, wenn das Müsli vom Hotelbüfett nicht genehm ist, mit heißem Wasser und Backpflaumen zurechtmacht.

Ich sage Ihnen das im Vertrauen, ohne das Thema vertiefen zu wollen: Backpflaumen? Da wäre bei mir der Tag ja schon gelaufen. Meine Kirsten braucht das jedoch, um zu ihrer Energie und ihrer Mitte zu finden. Na, soll se! Ich hatte mir fest vorgenommen, nichts zu sagen und still alles zu ertragen, was sie veranstaltete. Uns kannte hier schließlich keiner, und ich hatte immer vor Augen, dass sie alles bezahlte und dass ich alleine niemals hierhergekommen wäre.

Das mit den Haferflocken war jedoch mein Wissensstand von vor zwei Jahren. Wissen Se, wir werden alle älter und dabei ein bisschen schrullig, und auch meine Tochter wird immer komischer. Sie hat jetzt auch stets ein Tütchen mit Fixpulver für Bratensoße dabei, wenn sie verreist. Sie ist ja wegan und isst auch so, aber ab und zu kriegt sie Appetit auf Kloß mit Soß, und dann rührt sie sich dieses Pülverchen an und brüht sich einen Kloß aus dem Kochbeutel. »Einen Wasserkocher gibt es ja heutzutage in jedem Hotelzimmer, Mama!«, belehrte sie mich, während ich immer noch über die »Soße zum Braten« grübelte. Was meinen Se, was Kirsten für ein Geschrei macht, wenn sie Weihnachten bei mir ist und ich nur mal mit dem Löffel vom Gänsebraten ihre … ihr angeschwitztes Gemüse umrühren will. Aber auch hier lernte ich wieder dazu: Soße zum Braten aus der Tüte ist rein wegan, da ist nicht mal Milchpulver dran! Ich will gar nicht wissen, was für Chemiepamps das ist. Wenn sie es gesund findet, so was zu essen, soll sie das tun. Damit sie richtig versorgt ist mit allen Vitaminen und Spurenelementen, hole ich ihr immer Müsli aus dem Zoogeschäft mit Jod-S11-Körnchen drin. Natürlich mache ich ihr auch ab und zu einen ihrer geliebten grünen Smufies mit der Maschine, die sie mir vor ein paar Weihnachten geschenkt hat. Dafür friere ich schon ab Sommer immer die Pelle vom Entenbraten ein, damit ich was habe, was schön

Geschmack gibt. Kirsten leckt sich alle zehn Finger danach und wundert sich bis heute, warum sie die nicht so hinkriegt!

Dabei bin ich wirklich großzügig und verrate meine Rezepte gern. Man will ja auch, dass die mal weiter gekocht werden, wenn man dereinst nicht mehr ist. Das mit der Entenpelle sage ich Kirsten allerdings nicht so konkret, sondern belasse es immer bei »Ach Kind, eine Prise hiervon und eine Prise davon. So genau weiß ich das gar nicht.«

Ja, bei Hofe haben sie solche Probleme nicht. Da essen sie bestimmt jeden Tag Wunschessen wie in dem teuren Altenheim, wo man sogar unter der Woche zum Frühstück gekochtes Ei kriegt.

Wissen Se, man darf dieses ganze Königshaus nicht allzu ernst nehmen. Diese Hochwohlgeborenen sind auch nur Menschen! Menschen, die Fehler machen und Blödsinn. Die streiten sich, vertragen sich, sie kriegen eine Blase am Fuß, weil die neuen Schuhe gedrückt haben, und kleckern sich die Bluse mit Marmelade voll. Bei der Partnerwahl liegen sie eben auch mal daneben, und für die Königskinder gilt, was für unser aller Nachwuchs gilt: Immer gelingen sie nicht.

Ich habe ja lange überlegt, ob ich zu Prinz Harry überhaupt was sagen soll. Die Enttäuschung ist doch sehr groß und sitzt tief. Mir war das gleich nicht ganz koscher, als der sich aus den Pflichten verabschiedet hat ins »Privatleben«. Da war die Königin schon 94 Jahre alt und noch immer in Diensten, obwohl es ihr schon zusehends schwerer fiel. Aber Verantwortung, ihre Pflicht zu tun, die spürte sie bis zum letzten Tag und erfüllte eisern ihre Pflicht, obwohl die Last des Alters schon zusehends drückte. Dem Herren Prinzen wurde es jedoch zu viel. Die Jugend von heute! Finanziell unabhängig wollte er sein und mit der Familie und der Öffentlichkeit nichts mehr zu tun haben. Na bitte, dachte ich damals. Soll er mal zusehen! Der Bofrost sucht ja immer Fahrer. Aber das war dem verwöhnten Bürschchen wohl zu anstrengend, denn seine Tätigkeit bestand von Stund an darin, im Fernsehen und auch in Büchern schmutzige Wäsche zu waschen und gegen die Königsfamilie zu stänkern. Nee, so was tut man nicht! Schämen soll er sich. Wenn einer sein Privatleben haben will, bitte schön. Da habe ich Verständnis und unterstütze ihn. Aber das kann dann nicht so aussehen, dass man Privates in die Öffentlichkeit zerrt. So was tut man einfach nicht, das gehört sich nicht, Punkt. Leute, die so was tun, grüße ich knapp, aber damit hat es sich auch. Die sind kein Umgang für anständige Menschen.

Prinz Philip hätte dem die Hammelbeine langgezogen, wenn der noch lebte! Aber das ist nun auch alles, was ich zu dem Herrn zu sagen habe.

Die königliche Familie ist wie ein Farbklecks in unser aller Leben. Man hat das im Laufe der Jahrzehnte doch alles mitverfolgt, die ganzen Schicksale und Skandale! Wissen Se, früher hatten wir ja in der DDR die bunten Zeitungen nicht, die das alles abgedruckt haben. Aber Gertrud hatte Verwandtschaft drüben, und auch Franz, mein dritter Mann, hatte seine Beziehungen. Der war Reisekader und musste beruflich oft rüber nach Westberlin. So kamen wir hin und wieder doch an ein Heft, welches über Charles und Anne berichtete und auch über Prinzessin Margaret, die Schwester der Königin, und über die Königinmutter sowieso. Die war bekannt dafür, dass sie gern Dschin trank. Das picheln die Engländer, weil sie keinen Korn kennen. Die Zeitungen waren nie ganz aktuell, wenn wir sie in die Finger kriegten, aber das sind die im Wartezimmer bei der Doktorschen heute auch nicht. Und es kommt doch auch nicht auf eine Woche mehr oder weniger an, so eine Institution wie das Königshaus denkt und funktioniert in längeren Zeiträumen. Da geht es eher um Jahrzehnte und um die großen Linien, ähnlich wie in der katholischen Kirche.

Es hieß ja immer, die Königin hätte keine politische Meinung. Das stimmte aber nicht. Sie durfte nie wählen, und sie durfte auch nicht sagen: »Liebes Volk, ich habe mir die Programme durchgelesen und würde euch raten, wählt mal den oder die oder passt bei denen auf, die schwindeln euch die Hucke voll!« Nee, das nicht. Aber sie hat durch kleine Andeutungen und Gesten immer wieder klargemacht, was ihre Position ist. Als der König aus Saudi-Arabien mal bei ihr zu Besuch war, hat sie drauf bestanden, ihn selbst im Auto zu chauffieren. Frauen durften zu dieser Zeit in seinem Land nicht Auto fahren, muss man wissen. Da hat sie ihm gleich mal gezeigt, was sie davon hält.

Oder als der olle Trump zu Besuch war, ach, auf

den hatte sie ja gar keine Lust! Aber man kann es sich nicht aussuchen – wenn Gäste kommen, lächelt man höflich, bietet Tee und Gebäck an und freut sich, wenn sie wieder gehen. Die Queen hatte an dem Tag eine Brosche am Mantel stecken, die sie vom Herrn Obama geschenkt bekommen hatte. Hihi! Das war ja wohl ein ganz deutliches Zeichen, denn jeder wusste ja, dass Herr Trump den auf den Deibel nicht ausstehen konnte. Aber so hohl, wie der in der Birne ist, hat er solch feine Botschaft wahrscheinlich nicht mal bemerkt. Na, vielleicht hat es ihm hinterher jemand erzählt.

Oder auch damals, als die Engländer aus Europa austreten wollten. Na, das war ein Hin und Her! Ein ewiges Gewürge, rein, raus, nee, so nicht, vielleicht aber doch, ja schon, aber so auf keinen Fall … Letztendlich sind sie rausgegangen, aber so richtig zufrieden war niemand. Jetzt wollen sie zum Teil auch schon wieder rein. Nee, ich sage Ihnen: wie Katerle, wenn er vor der Tür steht und maunzt. Macht man ihm die Tür auf, streckt er ein Pfötchen raus und geht doch nicht, sondern guckt einen an und schmiegt sich um die Beine. So macht er das manchmal den ganzen Vormittag, immer wieder. Und wenn er im zwölften Anlauf endlich draußen ist, maunzt es nach nicht mal einer Minute wieder vor der Türe. Er könnte ja durch die Katzenklappe, aber dafür ist der Herr sich zu fein. Er hat schließlich Personal, das ihm die Tür aufmacht – ein Hausmädchen von 82 Jahren, das seine operierte Hüfte aber gerne aus dem Fernsehsessel hochschraubt und öffnet. Dafür lieben wir sie doch, die Schmusetiger, nich wahr?

Ja. Wo war ich? Ach, bei den Engländern und Europa. Na, jedenfalls, als sie sich dann doch durchgerungen hatten auszutreten, musste die Königin im Parlament die Gesetzesvorhaben der Regierung verlesen. Und da hatte sie einen blauen Hut auf mit goldenen Sternen, der sah genau so aus wie die Flagge von Europa. Da hat sie wieder was gesagt, ohne was zu sagen. Ein Zeichen gesetzt. Eine ganz Gerissene war das! Dafür mochte ich sie so.

»*London Bridge is down.*« Dieses geheime Codewort entzündete das Lauffeuer, mit dem sich die traurige Nachricht rund um die Welt verbreitete, dass Königin Elisabeth II. nicht mehr am Leben ist. Ich habe das nicht wirklich verstanden, wissen Se, wenn jeder den Code kennt, was daran ist denn noch geheim? Und wieso sagt man dann nicht gleich »Die Königin ist verstorben«? Es kam doch sogar schon im Fernsehen! Na, die Engländer sind eben komisch und führen ein bisschen Operette auf bei allem, was sie tun. Mit 96 Jahren ist sie friedlich eingeschlafen, die Queen, und hinterließ damit den Thron ihrem Sohn Prinz Charles. Sie selbst saß dort mehr als siebzig Jahre lang. Bestimmt haben die das Möbel mal neu beziehen lassen in all den Jahren, wissen Se, das ist bestimmt noch solide Wertarbeit, aber es muss doch ab und an mal der Polsterer ran, genau wie an das Sofa von Ilse und Kurt. Elisabeth römisch zwei war damit die am längsten dienende britische Monarchin. Zehn Tage Trauer folgen, nach einem genau festgelegten, strengen Zeremoniell. So was können sie ja, die Engländer, mit ihren schicken Polizisten in

Uniformen, den Soldaten mit Bärenfellmützen und den ganzen Adligen mit verrückten Hüten aufm Kopp. Weltweit trauerten Millionen von Menschen, und zwar nicht nur, weil die Queen Staatsoberhaupt war und die Trauer angeordnet wurde, sondern weil sie durch ihre lange Regentschaft für uns alle zu einer Begleiterin geworden war, die immer da war. In guten Zeiten haben wir geguckt, welche Farbe ihr Kleid hat, und traurigen Zeiten gab sie Halt und Orientierung, aber immer stand sie wie ein charmanter, lächelnder Fels in der Brandung und gab einem das Gefühl, dass es irgendwo einen Ort gibt, an dem alles in Ordnung ist.

Wir sind ja nicht dumm und wissen alle, dass wir eines Tages gehen müssen, und dass die Königin ewig leben würde, hat niemand geglaubt. Aber wie ich es vorne schon tippte, man hatte im Kopf, dass ihre Mutter, die Queen Mum, über hundert Jahre alt geworden ist. Ich glaube – so war es jedenfalls bei mir – dass die Leute gar nicht bereit waren, vor Elisabeths 100. Geburtstag auch nur darüber nachzudenken, dass es auch mit ihr mal zu Ende gehen könnte. Sie war doch erst 96! Deshalb war der Schreck so groß. Ein »Die Oma ist tot«-Gefühl legte sich über das ganze Land, und nicht nur über England, sondern auch ein kleines bisschen über uns. Sicher, es gibt immer welche, die geschmacklose Witze machen und denen es auf die Nerven geht, wenn nach den Abendnachrichten noch eine Sondersendung zur Würdigung der oder des Verstorbenen kommt. Aber die muss man ignorieren.

Wie oft ist meine Lieblingsserie schon ausgefallen, weil wieder ein Fußballspiel übertragen wurde! Da sagt keiner was. Wäre die Elisabeth Fußballspielerin gewesen, hätte vielleicht keiner gemosert. Aber auch wenn sie nicht mit dem Ball gedribbelt hat, stand es ihr zu, dass man sie würdigt. Wer sein ganzes Leben dem Dienst an der Nation widmet, der hat es auch verdient, dass man ihm dafür Respekt zollt. Es war nun wahrlich nicht immer leicht für sie. Sie war dem Wohl der Krone, der Monarchie und des Landes verpflichtet und musste dann und wann Entscheidungen treffen, die sie als private Person bestimmt anders gefällt hätte. Aber sie hatte geschworen und gelobt, ihr Leben der Krone zu widmen. Und als ihre Schwester, die Margaret … kennen Se die noch? Die hat immer Kette geraucht und keinen Mann ausgelassen. Eine Art »Frau Berber der Windsors«, wobei die Berber nicht raucht. Also, als die Margaret jedenfalls heiraten wollte, musste Elisabeth es verbieten, weil der Herr verehelicht und Vater von zwei Kindern war, während er mit der Schwester Margaret techtelmechtelte. Später ließ er sich scheiden, aber das machte es nicht besser, denn die haben Vorschriften, nach denen die Königin einer Eheschließung der Mitglieder des Königshauses zustimmen muss. Und weil die Kirche zu der Zeit eine Wiederverheiratung von Geschiedenen noch immer als Sünde sah und es verbot und weil die Königin auch das Oberhaupt der Kirche im Land war, konnte sie gar nicht anders, als es zu untersagen. Auch wenn die Schwester in ihr noch so gern zugestimmt hätte, konnte die Königin es nicht tun. Sie war eben Amtsperson und Mensch in einem, das war für sie oft nicht leicht und auch nicht einfach zu erklären. Da blieb ihr nur, stoisch ihre Arbeit zu tun, zu lächeln und zu winken.

Politik machen sie ja in gewisser Weise auch, wenn sie entscheiden, wer wen heiraten darf und wer nicht. Man hat da ja als Außenstehender keinen richtigen Einblick, welche Kriterien in diesen Kreisen bei der Wahl des Ehepartners angelegt werden. Auf jeden Fall ist es gar nicht so einfach! Wenn man mal an die Heiratspolitik der Habsburger denkt, was die Maria Theresia da so alles bedacht hat. Durch geschickte Vermählung ihrer Kinder hat sie sich den Einfluss auf halb Europa gesichert. Ich glaube nicht, dass die Elisabeth da beim Charles noch drauf bedacht war, die Zeiten ändern sich schließlich. Außerdem waren die Prinzessinnen in Europa damals knapp gesät, Holland und Dänemark hatten Jungs, Caroline von Monaco war schon weggeheiratet, und die Mädels von Schweden waren noch zu jung. Aber trotzdem musste sie an mehr Dinge denken als wir einfachen Leute aus dem Volk. Und selbst bei uns war es bis vor gar nicht so langer Zeit noch verpönt, dass ein Katholik eine Protestantin ehelicht. Ja, was meinen Se, was los war, als Wilhelm und ich damals heirateten! Ich war evangelisch getauft und Wilhelm katholisch. Uns war das nicht mal bekannt, und wir sahen kein Problem, aber Thekla von Mohrskötter, Wilhelms Mutter, weinte bittere Tränen über diese – in ihren Augen! – Schande in ihr Spitzentaschentuch und erschien in Schwarz mit Schleier vorm Gesicht zur Hochzeit. Ja, die Zeiten waren eben so. Trotzdem guckten wir schon mehr darauf, dass wir miteinander im Leben gut zurechtkamen und einander achteten und liebten, und nicht, welcher Pfaffe dem Partner Wasser über den kahlen Babyschädel geträufelt hatte.

Wir waren da eher praktisch veranlagt. Ich weiß noch, wie Ilse ganz stolz erzählte, dass ihre Tochter Sigrid zarte Bande zum Sohn von Fleischer Lehmann geknüpft hatte. Die hatten einen großen Laden, mit täglich warmem Mittagstisch. Der war eine gute Partie! Ilse kriegt bis heute die Randstücke vom Aufschnitt aus der »Schnippelkiste« zum halben Preis, wenn sie da einkauft, obwohl der Laden längst über zwei Generationen und an Ilses Tochter vorbei in andere Hände ging. Überlegen Se mal! Na, solche Gedanken werden sich die Majestäten wohl nicht gemacht haben, aber trotzdem muss eine Heirat gut überlegt sein. Und die Religion ist in solch hohen Kreisen wichtig, das ist wie Politik. Letztendlich fiel die Wahl dann auf Diana, die dritte Tochter des Earl Spencer.

Ja, die Diana, wir erinnern uns noch alle an diese wunderbare, warmherzige Frau. Aber auch sie hatte es faustdick hinter den Ohren. Wenn ein Mensch jedoch so jung und unter so tragischen Umständen aus dem Leben gerissen wird, bleibt er in Erinnerung als zauberhaftes Wesen, das die Lady Di ganz sicher auch war. Aber eben nur »auch«, denn sie hatte natürlich ihre Fehler. Und alle, die ihr zu Lebzeiten widersprachen oder sich ihr entgegenstellten, standen nach ihrem Tod als bösartig da. Ob das die Camilla war oder auch die Königin. Ich nehme mich da nicht aus, auch ich hielt Camilla nicht immer für geeignet, Königin zu werden. Aber da muss ich mich korrigieren. Wenn man die ganze Geschichte heute mit ein bisschen Abstand und auch mal aus der Perspektive der Herzogin betrachtet (Camilla war ja seit der Heirat mit Charles Herzogin von Cornwell, wissen Se? Es geht ein bisschen durcheinander, aber das liegt daran, dass die Majestäten ständig ihre Namen und Titel ändern!), sieht das alles etwas anders aus. Sie passte, nach allem, was man weiß, prima zum Charles, und das schon in jungen Jahren. Aber da sie schon verheiratet gewesen ist und auch Kinder hatte, durfte das eben nicht sein, das war ganz genau wie bei Margaret, der Schwester von Elisabeth.

Kommen Se noch mit im Stammbaum?

Der Thronfolger hatte eine anglikanische Jungfrau aus gutem Hause zu heiraten und mit ihr Nachkommen zu zeugen, die die Thronfolge sicherten.

Thronfolger ist ja, am Rande bemerkt, ein missverständliches Wort. Kurt macht da gern unanständige Witze drüber. Erst neulich, als ich morgens angerufen habe, um mit Ilse was wegen des Strickmusters für Stefans Pullunder zu besprechen, sagte der zu mir am Telefon: »Nee, Renate, die Ilse ist gerade im Bad. Das kann noch dauern. Ich war auch noch nicht, ich gehe gleich, wenn sie fertig ist. Bin heute sozusagen der Thronfolger.« Das war mir sehr unangenehm, und es war viel mehr, als ich wissen wollte.

Die Windsors haben es mit der ehelichen Treue nie so genau genommen und sich ihre Mätressen gehalten, und so blieben sich auch Charles und Camilla immer verbunden, auch während der Prinz von Wales mit Lady Spencer verehelicht war, um es mal diskret auszudrücken. Das war bestimmt nicht sehr nett, die Nebenbuhlerin ins Kirchenschiff zu setzen, als er Diana geheiratet hat, und es war auch nicht die feine englische Art, noch in den Flitterwochen ein Armband für die Nebenbuhlerin anzuschaffen, auf dem dann auch noch die Initialen der Kosenamen eingraviert waren. Männer! Da kann man schon verstehen, dass Diana speien musste, und bestimmt nicht nur wegen der Schwangerschaft. Wir waren alle nicht dabei, wir wissen das nur aus den bunten Zeitungen, und die schreiben nicht immer die Wahrheit, aber eins muss man unterm Strich doch feststellen: Die Camilla, die war es nie, die Geschichten an die Öffentlichkeit gezerrt hat. Man hat in all den Jahren niemals ein Wort des Klagens von ihr gehört, auch nicht, als man sie als Monster oder als Pferdegesicht verunglimpfte. Das war alles nicht sehr fein und für die Frau bestimmt nicht leicht auszuhalten. Aber sie hat immer diskret im Hintergrund gestanden und war dem Charles eine Stütze. Und sie hat der Familie als eine der wenigen keine Skandale beschert und keine Schande gemacht. Deshalb hat die Elisabeth noch zu Lebzeiten verfügt und sogar schriftlich festgehalten, dass sie mal Queen Consort werden soll und nicht nur so eine angeheiratete Prinzgemahlin, die hinter dem Gatten herdackelt. Sie brauchte dafür keinen Notar, wenn eine Königin was aufschreibt auf Büttenpapier mit Wappen, dann ist das wie ein Gesetz und sticht jeden Wisch vom Notar aus. Das war ein deutliches Zeichen des Respekts. Da konnte man sehen, dass Camilla sich die Anerkennung erarbeitet hat durch fleißiges Winken, Händeschütteln und Schulen-Einweihen. Die musste Spießruten laufen nach dem Tod von Lady Di, überall war sie nur als »Rottweiler« verschrien, und es wurde gelästert. Aber sie hat tapfer gelächelt und hat Charles immer den Rücken frei gehalten. Sie war für ihn da, als er sie brauchte.

Die Diana, die hatte nun ganz sicher ihre guten Seiten, das ist ja hinlänglich bekannt. Sie war eine wunderbare Mutter, die ihre beiden Jungs geliebt hat. Nach allem, was man weiß, war Charles als Erster untreu, was das Eheleben betraf – ich muss mich da wiederholen, wir wissen es alle nicht und können uns nur an dem orientieren, was mehr oder weniger unwidersprochen berichtet wird – aber er war nicht allein schuld. Die Diana, die hatte auch ihre außerehelichen Geschichten. Da waren Herzchirurgen, Reitlehrer und Lebemänner, also, eine Heilige war sie wirklich nicht! Charles stand immer unter dem Druck, dass er der Thronfolger ist und dass er eine Familie vorzuzeigen hatte. Er musste mit der Mutter seiner Kinder einen Umgang finden, der ihn in der Öffentlichkeit nicht als Unmenschen erscheinen ließ. Da hatte er nicht viel Spielraum und war sozusagen in der Hand von Lady Di, die engelsgleich lächelte, mit den Medien spielte, sich als herzensgute Mutter fotografieren ließ und ihn, der in den Steinmauern von Internaten aufgewachsen und ohne rechte Herzenswärme erzogen worden war, immer als gefühlskalten Block wirken ließ. Er konnte sich noch so viel Mühe geben, er stand immer als zweitbestes Elternteil da, obwohl er ein guter Vater gewesen ist im Rahmen seiner Möglichkeiten.

Als dann der furchtbare Unfall geschah und Diana tödlich verunglückte, ach, das war ein Tag! Wissen Sie auch noch, wo Sie waren, als Sie davon erfahren haben? Es gibt so ein paar Daten, an die man sich erinnert. Als Kennedy erschossen wurde, zum

Beispiel. Gut, dafür sind Sie bestimmt noch zu jung. Aber einige werden noch wissen, wie und wo sie am 9. November 1989 vom Fall der Mauer erfahren haben. Oder von den Terroranschlägen am 11. September 2001 im Amiland. All das ist unterschiedlich wichtig für den Lauf der Welt und der Geschichte, das ist richtig. Aber die Tage stehen in einer Reihe, wenn man bedenkt, wie sie die Menschen in Mark und Bein erschüttert haben. Ich weiß noch, wie Ilse am Sonntagmorgen bei mir klingelte und weinend vor mir stand. »Ich konnte dir das am Telefon nicht sagen, Renate«, hat sie geschluchzt, »ich musste kommen. Denk dir nur, Lady Di ist verunglückt!« Damals wurde Telefon ja auch noch nach Gebühreneinheiten abgerechnet, da kam man schon aus dem Grund persönlich vorbei, weil es billjer war.

In diesen Tagen hat Charles bewiesen, dass er ein gestandener Mann ist, fähig, eines Tages König zu sein, auch wenn Diana ihm das abgesprochen hat. Er hat Charakter gezeigt und sich gekümmert: Um seine Söhne, darum, dass Diana, die ja formal kein Mitglied der königlichen Familie mehr war, eine anständige Behandlung erfuhr, dass sie in einem Flugzeug des Königshauses nach England zurückgeholt wurde, und auch darum, dass seine Mutter, die Elisabeth, sich ein bisschen bewegte und begriff, dass Traditionen eine feine und wichtige Sache sind, aber dass man gegen den Willen eines Volkes nicht ankommt.

Sie, die Königin, konnte es aber auch nie allen recht machen, dafür war die Aufgabe einfach zu groß. Sie hatte geschworen, im Dienst der Krone zu leben und zu arbeiten bis zum letzten Atemzug, und das hat sie getan.

»Ich erkläre vor Ihnen allen, dass ich mein ganzes Leben, sei es lang oder kurz, in Ihren Dienst stellen werde …« Genau so hat sie es gesagt, die Elisabeth, damals noch Prinzessin, und lange bevor sie Königin wurde. Es wurde noch auf Schwarz-Weiß festgehalten, aber gesagt ist gesagt, und für Frauen meiner Generation und erst recht für die noch Älteren gilt so ein Wort noch was. Solche Sätze sagt man nicht einfach nur dahin. Man hält sich daran. Wenn ich zu Gertrud sage, dass ich sie von der Phüsio abhole, dann bin ich um halb drei vor der Praxis, Punkt. Ganz egal, ob es regnet, wenn ich so was versprochen habe, halte ich das ein und hoffe, dass halb drei richtig war und sie nicht halb vier gesagt hat.

In den Dienst des Landes, des ganzen Empeiers und der Krone hat sie ihr Leben gestellt und sich selbst immer zurückgenommen. Als sie damals, nach dem Tod Dianas, allerdings einmal gesagt hat: »Jetzt bin ich aber hauptsächlich Großmutter, liebes Volk, jetzt kümmere ich mich um meine Enkel und bin für sie da in den Stunden ihres schlimmsten Schmerzes«, da haben se auch einen Aufstand gemacht und sich beschwert! »Wo ist unsere Königin?«, haben sie gefragt und geflennt, und ich nehme mich da nicht aus. Was habe ich bei Gertrud auf der Couch gedudelt damals und im Fernsehen alles geguckt von morgens bis abends, was berichtet wurde! Da haben wir auch gedacht, jetzt müsste die Königin mal den Mund aufmachen und was sagen und uns trösten. Hat sie dann ja auch, aber erst ein paar Tage später nach dem Unglück und nachdem sie sich um ihre Enkel William und Henry gekümmert hatte.

Ja, Henry.

Wussten Sie das, dass Harry eigentlich Henry heißt? Henry Charles Albert David. Aber alle nennen ihn nur Harry, dabei ist die Auswahl an Vornamen nun wirklich reichlich. Na, bitte. Die werden ihre Gründe haben.

Jedenfalls hat man es der Queen krummgenommen, dass sie sich um die Jungs kümmerte. Es dauerte eine ganze Weile, bis die Engländer sie wieder in die Herzen schlossen. Wie man sagt, hat Charles dabei eine wichtige Rolle gespielt. Er soll ihr erklärt haben, was das Volk denkt und dass es auf dem Papier das eine ist, dass Diana nicht mehr zur Königsfamilie gehörte, aber in den Herzen der Menschen sah es ganz anders aus. Sie haben dann einfach die Pläne für die Beerdigung von Queen Mum genommen und auf Diana angepasst. Gut, Elton John und sein Geklimper war nicht vorgesehen bei Queen Mum, der ist eher auf tote Blondinen spezialisiert, aber so grob haben sie sich an dem orientiert, was für das Begräbnis der Königinmutter geplant war, und haben die Prinzessin mit großem Pomp unter die Erde gebracht. Das zu akzeptieren und sich als ältere Dame noch zu ändern, das fiel der Elisabeth ganz bestimmt nicht leicht. Aber sie hat es getan, und dafür muss man ihr Respekt zollen. Ihr, der verstorbenen Königin genauso wie Charles, der da ein Stück weit modern gedacht und die Monarchie in neuere Zeiten geholt hat. Deshalb, bei allem Gerede darüber, ob er wohl nicht schon recht alt ist: Er wird schon ein guter König werden!

Es ist übrigens nicht das erste Mal, dass ich den Hoheiten so nah war wie jetzt bei der Krönung. Die kommen nämlich gern immer mal wieder nach Berlin, und da sind Gertrud und ich dann mit Fähnchen dabei und klatschen und winken am Straßenrand. Für Ilse ist das nichts, die hatten wir einmal mit, aber die fiept immer vor Aufregung und klappt uns dann ab. Zwei Stäbchen Riechsalz musste ich ihr unter die Nase halten, dass sie wieder zu sich kommt, und dann war die Limousine mit den Hoheiten schon vorbei! Nee, die nehmen wir nicht mehr mit, die soll mal schön zu Hause vor dem Fernseher gucken.

Ja, ich weiß auch nicht, was denen an Berlin so gefällt, aber bald jedes Jahr lässt sich hier einer blicken. Die Königin war schon 1965 das erste Mal hier zu Gast, gerade mal zwanzig Jahre nach Ende des furchtbaren Krieges. Sie hat uns damals die Hand zur Versöhnung gereicht, und vielleicht war sie deshalb in unserem Land so beliebt. Sie kam so oft auf Staatsbesuch nach Deutschland wie in kein anderes Land. Vielleicht hat ihr aber auch nur das Essen gut geschmeckt oder die Unterkunft gefallen? Jedenfalls hat sie später auch ihren Mann mitgebracht, die Königin und Prinz Philip waren einige Male gemeinsam hier. Und sie hat den Reisetipp an die ganze Familie weitergegeben: Kät und William kamen schon auf Besuch und Charles mit Camilla auch. Vielleicht müssen sie noch ein paar Bonuspunkte für Freiflüge sammeln? Oder die haben hier noch ein Sparbuch und müssen Zinsen nachtragen lassen, sie haben ja deutsche Wurzeln? Ich weiß es nicht. Die sind ja alle viel unterwegs und kommen viel rum, schon wegen der Regiererei und dem Repräsentieren und dem Empeier, aber richtig Urlaub machen sie meist in Schottland, auf diesem kalten, zugigen Schloss. Immer nur Balmoral, dass ihnen das nicht zum Hals raushängt wie Hannelore Kohl der Wolfgangsee, an den sie jedes Jahr in den Urlaub musste, das verstehe ich nicht. Aber so sind sie eben, die Briten.

Sicher, die sehen auch schöne Ecken dabei, aber Urlaub ist es ja dann auch nicht, selbst wenn auf Samoa das Meer rauscht. Der halbe Hofstaat reist schließlich mit. Da hat man es doch kaum mal privat, wenn einem ständig die Hofdamen vor den Füßen rumwuseln und knicksen. Nach Berlin kommen sie auf jeden Fall gern, vielleicht, weil es ähnlich rau und regnerisch ist wie in Schottland.

Ach, sie waren alle schon da! Als Berlin großes Jubiläum hatte, 1987, da kamen Charles und Diana. Da war ja noch die Mauer, das konnte ich nur im Fernsehen sehen. Aber später dann besuchte die Königin das Brandenburger Tor, und Charles musste sogar mit dem Bus nach Hellersdorf und im Plattenbau Kaffee trinken. Das war ein bisschen … na, sagen wir mal, in Berlin hat man nicht so das richtige Händchen für königliche Besuchsprogramme. Eine Renate Bergmann würde da gern helfen, was Nettes auszusuchen, aber mich fragt ja keiner! Gertrud und ich sind meist in der ersten Reihe, wenn die Majestäten kommen. Vor ein paar Jahren habe ich sogar ein Foto knipsen können, wie ich Prinz Charles Topflappen überreiche, denken Se sich das nur! Da klopfte mir das Herz doch bis zum Hals. Es war ein sehr aufregender Tag.

Ein Jahr drauf kamen dann Kät und William, aber leider ohne die Kinder. Es war Sommer und ein herrlicher Tag. Ich bin sehr früh aufgestanden und ging mit dem Wischlappen über die Fensterbretter, wissen Se, der Staub von der Straße legt sich da ständig drauf. Da muss man jeden Tag wischen, das sieht ja sonst liederlich aus. Erst recht, wo die Hoheiten in der Stadt erwartet wurden. Da will man sich doch von der besten Seite zeigen! Schlimm genug, dass Berlin nicht mal die Straßen gefegt hatte. Ich weiß noch, früher, wenn die Sowjetführer ab und an kamen. Da wurden aber die Fassaden gestrichen, und ein paar Stunden bevor die Wagenkolonne durch die Straßen fuhr, wurde mit Wasserwagen noch alles blitzsauber gespritzt. Na, auf so was guckt ja heute keiner mehr. Wenn der Ami kommt, ja, da schweißen se die Gullydeckel zu, aber für das Königshaus? Selbst der Herr Bürgermeister lief beim Empfang mit seinem billigen, schlecht sitzenden Anzug von »Charme & Anmut« auf. Deshalb wollte wenigstens ich den Majestäten zeigen, dass es auch reinliche Menschen in Berlin gibt, die sich über ihren Besuch freuen.

»Frau Bergmann, die fahren doch gar nicht durch Spandau!«, belehrte mich die Nachbarin Meiser amüsiert, als sie mich putzen sah. So eine Neunmalkluge! Das weiß ich auch. »Sie sind doch selber jeden Tag im Berufsverkehr unterwegs und wissen, wie oft Stau ist! Und wenn sie dann eine Umleitung nehmen und hier an meinem frisch gewischten Fensterbrett vorbeifahren und das Fähnchen sehen, freuen sie sich!«

Na, der hatte ich aber pariert!

Die Hoheiten kamen dann aber doch nicht durch Spandau, was aber nicht schlimm war. Ich habe es auch so gern rein.

Gunter Herbst, das ist der Mann von Gertrud, hat uns dann schon ganz beizeiten zum Kanzleramt gefahren. Wir standen in der ersten Reihe, denken Se sich nur! Ein Mann regte sich ein bisschen auf, dass Gunter da nicht parken darf, aber der stellte sich einfach taub, was er auch ist, wenn er seine Lauschverstärker nicht in den Ohren hat. Ach, wie schön die Kät aussah! Und die Frau Merkel, die hat seinerzeit ja noch regiert, die hat gelächelt und war ganz entspannt. So netten Besuch hatte se nun auch nicht jeden Tag, das war bestimmt auch mal schön für sie.

Erst sind se alle rein zum Essen. Die Kinder waren nicht mit, die kleine Charlotte und der Georch.

Aber das ist ja auch nichts für die. Wer weiß, was die Merkeln gekocht hatte, bestimmt Rouladen. Die macht ja meist Rouladen. Der William ist sicher ein guter Esser, für den ist das was. Na ja, wie auch immer. Wir sind dann weiter zum Brandenburger Tor. Da war schon was los, sage ich Ihnen! Himmel und Menschen, es war gar kein Durchkommen. Aber wir haben unsere Tricks. Ich habe einfach gesagt: »Gertrud, wenn dir schlecht wird und du brechen musst, dann nicht wieder in den Nacken von der Frau vor dir!« Was meinen Se, wie schnell wir in der ersten Reihe waren. Und dann kamen se auch schon, unser Herr Bürgermeister mit Fusseln auf seinem Anzug »Präsent 20« aus Silastik und das Prinzenpaar. Kät kam ganz dicht ran und schüttelte allen die Hand. Auch Gertrud und mir! Ich war so aufgeregt, mein Herz klopfte bis zum Hals. Natürlich hatte ich auch da wieder Topflappen mit. Über Topflappen freut sich ja jeder, und zwar immer wieder! Ich habe der Kät drei Paar in die Hand gedrückt: eins für sie, eins für die Elisabeth und eins für Camilla. Vor Aufregung habe ich nur »For the Mädschesties« rausgebracht, aber sie wird sie schon richtig verteilt haben.

Ach, Prinzessin Kät ist mir mit Abstand die sympathischste im ganzen Königshaus.

Die Frau Habicht und ich, wir teilen die Begeisterung für Prinzessin Kät. So heißt sie ja gar nicht mehr richtig, sie ist ja jetzt Fürstin. Fürstin von Wales, das Gleiche, was Diana gewesen ist. Im Grunde genommen war »Prinzessin« vorher schon falsch, denn da war sie Herzogin. Aber es ist so drin bei mir, und es weiß auch jeder, von wem ich rede, wenn ich Prinzessin Kät sage, oder? Jedenfalls ist Frau Habicht genauso begeistert von der wunderbaren jungen Frau wie ich.

Frau Habicht hat es nicht leicht, sie hat ihren Günter, der kein einfacher Zeitgenosse ist und der im ganzen Kiez hier in Spandau immer wieder für Aufsehen sorgt, weil er mit dem Rentnerdasein nicht so gut zurechtkommt. Nicht nur in der Nachbarschaft, auch zu Hause veranstaltet der ein so großes Heckmeck, dass die Brigitte bis heute in Teilzeit arbeiten geht. Sie kassiert in der Kaufhalle. Nötig hätte sie das nicht, aber es ist für sie angenehmer, uns Omas in der Börse nach Kleingeld suchen zu sehen, als ihrem nörgelnden Günter die Hausschuhe nachzutragen. Jedenfalls hebt mir die Habicht immer die bunten Gazetten auf, in denen über die Königshäuser berichtet wird. Die müssen die Hefte, die sie nicht verkaufen, natürlich zurückschicken, und das wird auch durchgezählt. Aber es guckt keiner, ob die Blätter gelesen sind. Wenn ich meinen Einkauf mache, holt sie manchmal eine Tüte mit ein paar Zeitungen unter ihrem Kassiererinnenstuhl vor, zwinkert mir zu und sagt: »Hier noch was Privates, Frau Bergmann, Sie wissen schon!« Ich zwinkere dann ebenfalls und mache zu Hause am Küchentisch erst mal Presseschau. Wenn ich die Zeitungen ausgelesen habe, bringe ich sie Frau Habicht zurück und lege meist auch noch eine Kleinigkeit bei. Mal ein Stück Streuselkuchen – Pflaumenkuchen isst sie nicht gern –, mal einen Kasten Pralinen. Bei solchen Nettigkeiten muss man sich doch erkenntlich zeigen! Sie schickt die bunten Hefte dann zurück, das merkt kein Mensch. Die unverkäuflichen Exemplare kommen sowieso ins Altpapier.

Ach, Prinzessin Kät ist eine wunderhübsche Frau, und so elegant und stilsicher und voller Grazie! Sie ist bürgerlich, jawoll. Aber aus gutem Haus. Die haben sich ja ewig Zeit gelassen bis zur Verlobung seinerzeit, der William und sie. Man nannte sie schon »Waity Katie«, was so viel heißt wie »ewig wartende Käte, der der William auf den Deibel keinen Heiratsantrag machen will«. Ich bin mir nicht sicher, ob das wirklich stimmt, wer weiß, ob sie nicht ihn hat warten lassen? Ich halte sie für klug genug, dass sie sich das genau überlegt hat, auf was sie sich da einlässt.

Es ist nämlich kein Zuckerschlecken, Prinzessin zu sein. Die schönen Kleider und Diademe sind das eine, aber ständig steht man im Scheinwerferlicht und kann nicht mal in Ruhe beim Fleischer überlegen, ob man Gulasch oder Schnitzel nimmt zum Sonntag, weil dann schon wieder jemand zischt: »Guck mal, da isse!«, und nach einem Autogramm fragt. Das will man doch nicht, man braucht doch seine Privatsphäre! Ich jedenfalls denke so. Wenn ich sehe, dass Wilma Kuckert beim Bäcker drin ist, warte ich, bis sie weg ist. Dass die mitzählt, wie viele Brötchen ich kaufe, das will ich nicht. Ich hatte das einmal, da habe ich zwei Stückchen Eierschecke gekauft, und keine Woche später hielt mir Frau Doktor das zusammen mit meinen Zuckerwerten vor. Da war mir doch klar, woher die das wusste. Und das muss man sich alles noch hundertmal schlimmer vorstellen, wenn man Prinzessin und Gemahlin des Thronfolgers ist.

Sie muss auch aushalten, dass olle Frauen wie ich manchmal denken und auch darüber plaudern, dass sie ein bisschen dünne ist. Nichts auf den Rippen, fast schon ein klappriges Gestell, könnte man sagen! Aber so sind sie eben, die jungen Frauen von heute. Kein Gramm zu viel. Die machen aber gar keine Diät, sondern ernähren sich bewusst und machen Sport, und zwar immer und regelmäßig und nicht nur Anfang des Jahres für vier Wochen wegen der guten Vorsätze. Na ja, und die drei Kinder halten sie auch auf Trab und fordern ihre Aufmerksamkeit. Die hat bestimmt keine Zeit, jeden Nachmittag auf der Couch rumzulungern, »Bares für Rares« zu gucken und Trüffel-Sahne-Torte zu essen. Selbst nach den Niederkünften sah sie sofort wieder aus wie ein Mannequin. Gut, einmal hatte sie direkt nach der Geburt ein Kleid an mit Spitzenkragen, das war eher der Stil von Ilse, aber sonst ist sie immer schnieke angezogen. Wenn ich da zurückdenke an mich, meine Güte! Wissen Se, ich hatte, als ich mit Kirsten schwanger ging, ganz dicke Beine gekriegt, und das blieb auch noch recht lange nach der Entbindung so. Ich habe bei Ilse im Album ein Foto gesehen, auf dem sehe ich aus, als hätte ich beigefarbene Gummistiefel an. Am liebsten würde ich das Bild einkassieren, aber Ilse rückt es nicht raus. Na, es ist ja auch egal, jedenfalls wirkt Prinzessin Kät immer wie aus dem Ei gepellt. Es ist eine wahre Freude! Nee, die hat der William gut ausgesucht – oder sie sich ihn? Wer weiß das schon! Sie sind ein hübsches Paar.

Er ist aber auch ein »Schnuckelchen«, wie Ariane manchmal sagt und dann zu meinem schmächtigen, schmalbrüstigen Stefan rübergrinst. Die englischen Prinzen sind ja alle sehr mit dem Militär verbunden. Die dienen bei den Soldaten und werden dann sehr schnell Ehrenoberst oder so was. Manchmal habe ich schon gedacht, die machen das der schicken Uniformen wegen, damit sie bei Hochzeiten was Ordentliches anzuziehen haben. So ein stattlicher Mann wie Prinz William, der sieht darin aber wirklich ausgesprochen schneidig aus! Da wird nicht nur mir immer ganz warm, auch Gertrud knöpft sich die Bluse auf. Aber das macht sie im Grunde bei jedem Herrn, das hat nichts zu heißen. Es war ein schlechtes Beispiel. Aber wenn ich Ihnen erzähle, dass sogar mein Ilschen, dieses schüchternfromme Hascherl, ein bisschen errötet, wenn sie Prinz William in Paradeuniform sieht, dann können Se das besser einordnen, was das mit uns Frauen macht. Es kommt allerdings nicht nur auf die Uniform an, sondern immer auch auf den Mann, der sie trägt. Der Breschnew hat Ilse kaltgelassen, und der hatte auch nicht wenig Orden und Lametta an der Brust!

Kät und William haben sich jedenfalls viel Zeit gelassen. Aber es heißt ja auch: »Drum prüfe, wer sich ewig bindet.« Das haben sie gemacht, und es hat ein Weilchen gedauert, bis das Königshaus die Verlobung verkündet hat. Eine Bürgerliche! Aber die haben sich wohl überlegt, dass die Herkunft gar nichts bedeutet heutzutage, sondern dass nur der Mensch zählt. Sie hatten ja nun mit Lady Di gerade erst ein großes Drama erlebt, die hat der Charles damals Hals über Kopf vor den Altar geschleift, weil er schon über dreißig war und es Zeit wurde, sich um die Thronfolge zu kümmern. Das war jedenfalls nicht lange genug geprüft und nahm kein gutes Ende. Und die Diana war von Adel! Daran sieht man, dass es ganz egal ist, woher man kommt, es zählt nur, wer man ist. Und die Kät, das ist eine ganz Feine. Eine starke Frau, die den William gut im Geschirr führt und die den Kindern auch eine liebevolle Mutter ist. Und was für prächtige Kinder sie haben, ach, da geht einem richtig das Herz auf! Das ging ja dann, als sie erst mal verheiratet waren, recht zügig mit dem Nachwuchs. Beim ersten Kind, dem Georch, hatte sie ja so mit Schwangerschaftsübelkeit zu tun, ach, was tat sie mir leid! Der kleine Schorsch ist ein zauberhafter Bursche, und die Charlotte und der Luis auch. Ich weiß noch, wie ich geweint habe, als das Mädchen kam und sie es Charlotte Elisabeth Diana genannt haben. Wenn das die Lady Di hätte miterleben dürfen, dass sie eine Enkelin gekriegt hat, ach, was wäre sie stolz gewesen. Und dass sie sie nach ihr benannt haben, finde ich ganz zauberhaft. Da habe ich eine große Runde ausgegeben im Nachbarschaftstreff, damit das Mädchen auch »das Pullern lernt«. So will es die Tradition. Ich wollte ja Korn spendieren, aber die alten Frauen da kriegen ja schon einen Schwips, wenn sie nur am Sekt nippen. Also gab es Weinschorle. Gut, das kam auch billiger.

Jedenfalls bin ich heute schon gespannt, was aus der kleinen Charlotte mal wird. Sie trägt die Gene von Kät, von Elisabeth und von Diana in sich, drei der prägendsten Frauen des Jahrhunderts. Überlegen Se sich das mal! Das Kind wird auf keinen Fall immer nur Blindenschulen einweihen, Sektflaschen gegen Schiffe werfen und Tücher von Denkmälern rupfen. In der Kleinen steckt mehr, da können wir noch sehr gespannt sein.

Prinzessin Kät hat gelernt, wie man sich auf glattem Parkett bewegt, und weiß, wann man besser einfach den Mund hält und freundlich lächelt.

Das kann man ja nun auch nicht über alle sagen.

Eine Königsfamilie ist so aufgebaut, dass eine Königin oder ein König ganz oben steht und zum Glänzen gebracht wird, denn er oder sie führt die Monarchie und das Land. Das ist wie mit dem Rubinring, den ich von meiner Mutter geerbt habe: In der Mitte sitzt der große, tiefrote, taubenblutfarbene Rubin. Ein wunderschöner Stein, aber er würde nur halb so schön funkeln, säßen nicht drum rum eine ganze Reihe kleiner, strahlender Brillanten. Sie bringen den Rubin erst zum Leuchten und setzen ihn ins beste Licht. Sie sind jeder für sich wunderbare Steine und machen den Ring in seiner Gesamtheit zu einem Juwel. Tanzte da auf einmal zwischen den kleinen Brillanten einer aus der Reihe oder, sagen wir mal, säße da ein grüner Smaragd oder ein blauer Saphir, würde der die ganze Aufmerksamkeit auf sich ziehen und den Ring irgendwie komisch aussehen lassen. Jeder würde denken: »Mmmh. Schöne Steine. Aber da stimmt doch was nicht!« So ist es auch in der Königsfamilie: Jedes Familienmitglied unterstützt die Königin oder den König und redet nicht rein. Dabei kann man seine Rolle finden, mit seinen eigenen Facetten glänzen und Akzente setzen, aber das Gesamtbild muss doch im Auge behalten werden und es muss stimmen. Es ist Freiraum genug für jeden, um sich zu entfalten, die Themen, die einem wichtig sind, in die Presse zu bringen und auch mal von den Fotografen geknipst zu werden, wenn man denn auf so was Wert legt. Da kann man nicht einheiraten und rumquengeln, dass man nicht oft genug auf der Titelseite steht, wenn man »nur« die Nummer fünf oder acht der Thronfolge geheiratet hat. So was weiß ein kluger Mensch aber, deshalb gebe ich auch gar nichts auf das Gedöns, das manche da veranstalten.

Gucken Se sich nur mal an, was der Prinz Philip immer hat zurückstehen müssen hinter seiner Frau! Immer zwei Schritte hintendran. Und das als Mann und zu einer Zeit, als man noch als Tölpel unterm Pantoffel galt, wenn man in der Ehe nicht die Hosen anhatte. Er hat trotzdem seine Rolle gefunden, sich seine Beschäftigung gesucht und was ihm wichtig war in den Medien groß rausgebracht. Oder nehmen Se Prinzessin Anne, was für eine bescheidene, noble und feine Person das ist! Fleißig am Bänder-Durchschnippeln und Brücken-Einweihen bis heute, immer adrett gekleidet, und zwischendurch hat sie noch Medaillen gewonnen mit ihrer Pferdespringerei da beim Olympia. Die ist auch so eine, die hart arbeitet und das Königshaus immer hat strahlen lassen, bis heute, wo sie über die siebzig drüber ist. Ach, ich habe mir große Sorgen gemacht um sie, als die Elisabeth gestorben war. Prinzessin Anne sah schlecht aus, ganz klein, verweint und zerbrechlich. Die haben ja tagelang Zeremonien gemacht und sind vor dem Sarg her und um ihn herum marschiert, immer wieder, in Wales, ein Schottland und in London sowieso, und Prinzessin Anne immer vorneweg. Mal mit Musik, mal ohne, aber immer am Sarg der Mutter – das geht doch auf Dauer aufs Gemüt. Ganz tapfer hat sie ihre Frau gestanden und der Queen die Ehre erwiesen, die sie verdient hatte, aber es fiel ihr sehr schwer. Das konnte man sehen. Sie war wohl auch dabei in der Stunde des Abschieds, als die Königin ihren letzten Atemzug tat. So was ist tröstlich, aber es belastet doch auch.

Frau Habicht ist sonst gar nicht so für Königshaus und kennt sich auch nicht besonders aus – ich habe sie mal abgefragt nach den Cousinen der Königin, da kam sie nicht mal bis zu denen dritten Grades, denken Se sich das mal! Aber sie bewundert die Prinzessin Kät für ihre Eleganz und ihre Stilsicherheit in Sachen Mode. Frau Habicht legt auch großen Wert auf ihr Äußeres und guckt auch immer, dass sie bei ihrer Kleidung ein bisschen in Richtung Kät Middelton geht. Sie schneidert nun nicht jedes Abendkleid nach, das wäre auch nichts für die Kaufhalle. Aber ich sag mal so: Als die Fürstin zum Weihnachtsgottesdienst in Sandringham in einem olivgrünen Mantel erschien, hatte Frau Habicht in der Woche drauf auch so einen.

Es geht gar nicht darum, was jemand trägt, sondern wie die Person es trägt. An manchen Leuten sehen die teuersten Sachen einfach aus wie drangehängt, und dann gibt es Menschen wie Fürstin Kät, die können eine ganz schlichte Bluse zu etwas Besonderem machen, weil sie sie mit Anmut tragen. Als William ihr zur Verlobung den Saphirring seiner Mutter an den Finger steckte, dachte ich, das gebe ich heute offen zu, dass da kein Segen drauf liegt.

Den Ring der Schwiegermutter! Also wirklich, ich fand das erst geschmacklos, zumal die ganze Welt hat zusehen müssen, dass deren Ehe gegen den Baum ging. Aber Kät trägt den Ring mit so viel Würde und eigener Persönlichkeit, dass es jetzt ihr Juwel ist. Ihr eigenes ganz allein. Sie bringt ihn durch ihren Charakter zum Strahlen, und kein Mensch denkt mehr daran, dass er mal Diana gehört hat.

Ach, eine famose Person ist das!

Und dann kam der Tag der Krönung. Ich war so aufgeregt, dass ich erst gar nicht einschlafen konnte am Abend vorher. Hin und her habe ich mich gewälzt und habe dann zur Sicherheit den Wecker gestellt, auf fünf Uhr, worauf Kirsten gleich wieder mit amtlichem Vormund und Heimeinweisung drohte. Ich drehte den Zeiger dann auf sieben Uhr.

Hmmm.

Ich bin eigentlich immer wach, noch bevor die Nachtigall zu singen beginnt, aber man hat ja schon Pferde vor der Apotheke … Sie wissen schon. Gerade an so einem Tag! Überlegen Se mal, ich käme zurück nach Berlin und träfe Wilma Kuckert, und die fragte, wie es war, und ich müsste sagen: »Wilma, ich habe die Krönung verschlafen und habe es im Hotel im Fernsehen geguckt.« Na, die Schmach wollte ich nicht ertragen müssen!

Es ging aber alles glatt, und ich wurde pünktlich wach, auch, weil Kirsten schon vor mir aufgestanden war, vorm Fußende des Bettes eine Kobra mit Beckenentspannung turnte und dabei die Luft auspustete, dass die Lippen vibrierten. Das klang wie bei Norbert, wenn er sich schüttelt und die Lefzen schlackern. Außerdem klimperte das Windspiel, das Kirsten unbedingt der besseren Träume wegen im Hotelzimmer aufhängen musste. Mit Federn! Wissen Se, den Wellensittich haben wir damals abgeschafft, weil das Kind so niesen musste, und nun hängt sie sich Federn in die Schlafstube. Na, »abgeschafft« klingt jetzt etwas missverständlich. Wir haben ihn nicht mit der Flinte vom Kronleuchter geschossen, so nicht. Aber als er durchs offene Küchenfenster entwischt ist, sind wir nicht rufend durch die Straßen gezogen und haben auch keine Suchaufrufe an die Laternenmasten geklebt. Er war eben weg, so ehrlich will ich zu Ihnen sein.

Ich machte dann rasch meine Morgentoilette und zog das gute Kostüm an, das ich extra am Abend vorher schon zum Aushängen aus dem Schrank geholt hatte, damit es nicht so zippelig ist. Ich ging trotzdem noch mal mit dem Reisebügeleisen über die kritischen Stellen am Kragen. Man will an so einem Festtag doch manierlich aussehen! Dann hängte ich mir einen Brustbeutel um und tat meinen Ausweis rein, ein bisschen Geld, die Schipskarte von der Krankenkasse und einen Zettel mit der Händinummer von Kirsten, damit sie die anrufen konnten im Notfall, wenn wir uns verlieren und ich in Ohnmacht fiel wegen der Aufregung. Man muss bei so einem Gedränge, wenn so viele Leute zusammenkommen, auch mit Taschendieben rechnen, deshalb wählte ich den Brustbeutel. Wenn mir da einer drangeht, merke ich das, und bei dem gehen aber die Lichter aus, da ist eine Renate Bergmann nicht fein! Das kenne ich ja von Berlin, wissen Se, wenn Se hier einmal im Berufsverkehr im M29er-Bus gefahren sind, lernen Se, auf die Dinge aufzupassen. Kirsten war ebenfalls ganz nervös, vor allem vor Angst, dass ich wohl verloren gehe. Sie fasste mich auf dem Weg zum Park an die Hand wie ein kleines Kind, überlegen Se sich das mal! Das habe ich mir aber nicht gefallen lassen. So weit ist es noch nicht!

Kirsten und ich hatten lange überlegt, wo wohl die beste Position wäre, um den König und die ganze Prozession zu sehen. Stellt man sich an die Straße, erhascht man bestenfalls einen ganz kurzen Blick auf die Krönungsgesellschaft. Kirsten machte den Vorschlag, dass wir uns im Park zwischen dem Buckingham Palast und der Westminister Abi gemütlich auf eine Decke setzen. »Gemütlich auf eine Decke setzen« mit 82 Jahren und einer künstlichen Hüfte, na, das Mädel hatte Humor! Ich musste sie aber nur einmal streng angucken, und schon zeigte sie mir einen Faltklappstuhl, den sie besorgt hatte. Mein Mädel! Sie ist eben doch eine patente, blickige Frau, wenn sie auch einen kleinen Hau hat und wir wahrscheinlich den Stuhl wegen der Wasseradern von der Straße wegdrehen müssten.

Es waren schon viele Menschen im Park, aber wir fanden einen schönen Platz mit Blick auf die Straße, auf der sie vorbeifahren würden, und auf eine große Fernsehvideoleinwand oder wie man das nennt, die sie aufgestellt hatten und auf der alles übertragen wurde: Von der Abfahrt mit der Kutsche über die Krönung in der Abi-Kirche bis zur Rückfahrt.

Die Krönungsfeierlichkeiten in der Kirche verfolgten wir auf den großen Leinwänden wie aus nächster Nähe. Kirsten hatte an alles gedacht und sogar Sonnencreme eingepackt. Das hat se von mir, sie denkt auch voraus! Ich schmierte mir das Zeug brav in die Runzeln, da versickerte es reichlich, und es ging eine halbe Tube drauf. So war ich geschützt vor Sonnenbrand, und falls Regen käme, würde der gut abperlen. Das weiß man ja bei den Engländern nie, das Wetter schlägt rasch um.

»Ihre Majestäten, der König und die Königsgemahlin, hoffen, dass das Krönungswochenende eine Gelegenheit bietet, Zeit mit Freunden, Familien und Gemeinschaften im Vereinigten Königreich und den Commonwealth-Staaten zu verbringen und zu feiern«, stand in der Ankündigung des Hofes, und genauso wurde es.

Schon eine Stunde vor Beginn der Festlichkeiten fuhren die Gäste vor. Ach, herrlich war es! Beim »Bambi« gucke ich auch immer am liebsten, wer alles über den roten Teppich läuft. Das ist spannender als die Veranstaltung selbst. Hier konnte man Kleider sehen und Uniformen, du liebe Zeit! Und Hüte! Manche Frauen hatten ganze Tortenplatten auf dem Kopp, eine balancierte sogar ein Gesteck, das aussah wie ein Obstkorb. Bald zweitausend Gäste nahmen Platz in der Abi-Kirche, und so schön es auch war, ein bisschen fehlte mir der Kommentar von Herrn Seelmann-Eggebert. Der hätte genau gewusst, wer das alles ist! Ich bin nun bestimmt bewandert in den Geschichten der europäischen Höfe, aber vom englischen Landadel kenne ich nun doch nicht jeden Cousin und alle heiratsfähigen Töchter.

Ich habe den Rolf Seelmann-Eggebert immer gern im Fernsehen berichten gehört. Ach, das ist ein feiner Herr! Ein nobler Mann mit Gespür für die richtigen Worte und für Anstand. Wissen Se, der erzählte nette Anekdoten, die charmant und unterhaltsam waren und nie sensationslüstern oder ehrabschneidend. Dem konnte man stundenlang zuhören, der wusste gut Bescheid und kannte jeden. Wie oft habe ich mit Gertrud die Geburtstagsparade für die Queen geguckt und ihm gelauscht, wenn er zu berichten wusste, welche Prinzessin was für ein Kleid in welcher Farbe trägt und wer es geschneidert hat und solche Sachen. Es war ja teilweise noch vor dem Buntfernsehen, aber er sagte es auch noch, als es später in Farbe übertragen wurde. Heutzutage hat ja jeder Sender seine diversen Klugschieter da sitzen, Leute, bei denen nicht klar ist, was die gelernt haben und woher sie stammen. Bei der Beerdigung der Königin war es besonders schlimm. Die Abschiedsfeierlichkeiten wurden von jedem Sender übertragen, und das über acht oder zehn Stunden hinweg. Da brauchte man natürlich Personal, was halbwegs qualifiziert auf der Couch im Studio sitzt und was zu erzählen hat. Gertrud und ich haben zusammen geguckt, wir haben Dschintonick getrunken und Schortbrett genascht. Das sind englische Teekekse mit ganz viel Butter dran, die ich extra gebacken hatte. Wir haben nur einmal ganz kurz vom Ersten zu einem anderen Sender geschaltet. Wir waren mit der Übertragung sehr zufrieden, es gab keinen Grund, zu wechseln. Aber irgendwann habe ich mal durchgelüftet und Gertrud hat auf Vier geknipst, und da saß eine ältere Dame, eine Von-und-zu, eine Hochwohlgeborene, die ganz offensichtlich zur Stärkung auch am Dschintonick war und sehr, sehr tief ins Glas geguckt hatte. Die lallte schon und erzählte einen Quatsch, der vorne und hinten nicht stimmte! Die war so angetüddelt, dass sie sich nur mit Mühe aufrecht auf der Couch halten konnte und beinah runterrutschte. Derweil brummte sie mit tiefer Stimme dummes Zeug, wie zum Bespiel, dass die Königin die Westminster Abi so sehr geliebt hat, unter anderem auch, weil Charles und Diana da geheiratet hätten. Das war Blödsinn, von Grund auf falsch! Die beiden hatten nämlich in Sankt Pauls geheiratet. Und für so eine dahergelaufene Hochstaplerin blendeten die eine Bauchbinde »Königshausexpertin« ein. Was habe ich mich aufgeregt! Ich habe Gertrud gleich wieder das Regiepult weggenommen und auf das Erste zurückgeschaltet. Wir lassen uns doch nicht verdummen und noch dazu in den Pausen mit Werbung beschallen. So weit kommt's noch!

Hier kamen sie gut voran mit dem Einmarsch in die Kirche. Ich musste alle paar Minuten mal hoch von meinem Klappstuhl, wissen Se, ich rutschte immer weiter mit dem Hintern nach unten und hatte bald schon die Knie vorm Gesicht. Es war nicht sehr bequem. Als die Elisabeth gekrönt wurde 1953, da dauerte es auch deswegen so lange, weil sie an die achttausend Gäste eingeladen hatten. Um die alle unterzukriegen, mussten sie Tribünen und Bretter in die Abi zimmern. Charles hat gesagt, so ein großes Gedöns will er nicht, es soll alles ein bisschen kleiner, gemütlicher und moderner werden. Na, und so feierten sie hier ganz bescheiden mit gerade mal zweitausend Leuten. Quasi im privaten Rahmen, hihi! Es wird ja gemunkelt, dass in Wahrheit Prinz William dahintersteckt, dass er, also der neue Prinz von Wales, dem Vater das eingeflüstert hat mit der Bescheidenheit und Volksnähe. Wenn es so ist: Die schlechteste Idee ist es nicht!

Dann legten die da drinnen los mit Orgelgedudel und Gesang. Der Herr Erzbischof erzählte dies und das, wissen Se, das war ja alles auf Englisch, und ich verstand es nicht. Aber darum ging es ja auch gar nicht, wichtig war, dabei zu sein. Sie sangen munter alle miteinander, viel schöner als der Männerchor von Frau Schlode zu Hause in Spandau. Charles wurde dann gefragt, ob er denn wohl das vereinigte Königreich und seinen ganzen Kauderwelsch … Commenswels … na, Sie wissen schon. Ob er das alles mit Recht und Gerechtigkeit regieren will, und nachdem er das versprochen hatte, durfte er Platz nehmen auf dem Krönungsstuhl. Von 1296 ist das Möbel, überlegen Se mal, da war noch nicht mal unser Kurt geboren. Und immer noch tipptopp in Schuss und stabil! Ja, wenn man die Sachen pflegt und regelmäßig mit Möbelpolitur drübergeht, haben die Holzwürmer keine Schangse! Ach, es war alles sehr feierlich, und als sie ihm Zepter und Stab überreichten und diese Murmel da, diesen Reichsapfel, da hatte ich einen Kloß im Hals, so feierlich war das alles. Der Herr Erzbischof hat ihn dann noch gesegnet, eingesalbt und geweiht, und dann kriegte er mit großem Pomp und Musik die Krone auf den Kopp gesetzt. Beim Einsalben stieß ich Kirsten an und erinnerte sie daran, dass ich heute Abend nicht vergessen dürfte, die Waden mit Venengold einzuschmieren!

Genau wie Queen Elisabeth wurde der neue König mit der »St. Edward's Crown« gekrönt. Die besteht aus massivem Gold und ist mit über 400 Edelsteinen bestückt, richtig dicke Klunker wie Rubine, Granate und Saphire sind dabei. Da muss man schon aufpassen, dass die nicht wegkommen, deshalb heben die die Juwelen unterm Jahr auch im »Tower« auf, wo sie extradicke Tresore haben und Wachsoldaten mit Bärenfellmützen auf dem Kopf, und holen sie nur raus, wenn sie gebraucht werden. Ich habe mal gelesen, dass die Krone für jeden König oder Königin ein bisschen angepasst wird, damit sie nicht vom Kopf rutscht. Na, beim Charles sind ja die Ohren so groß, dass die das Abrutschen verhindern, hihi! Die verstorbene Königin hat berichtet, dass ihr tüchtig der Schädel gebrummt hat, weil das Trumm über zwei Kilo wiegt. Überlegen Se mal, vier Pfund! Da hatte ich zu Weihnachten schon Gänse in der Pfanne, die nicht so viel wogen. Und so was müssen die auf dem Kopp balancieren! Deshalb haben sie für den Alltag auch leichtere Ausgeh-Kronen, die nicht ganz so schwer sind und einem nicht das Hirn abquetschen. Ja, das sind Probleme, die können wir einfachen Menschen aus dem Volk gar nicht nachvollziehen.

Auch Camilla bekam eine Krone auf, und zwar die von Queen Mary, der Oma von Königin Elisabeth. Das soll ja ein ziemlicher Besen gewesen sein, geizig, verbiestert und mit dem Hang zur Kleptomanie. Die hat ständig was mitgehen lassen, wenn sie auf Besuch war. Als ihr Sohn, König Georg VI., gestorben war, wurde seine Tochter, die Elisabeth, die wir alle als »die Queen« kennen, Königin. Na da war ein Durcheinander! Die bisherige Königin Elisabeth wurde dadurch Königinmutter, und die bis dahin Königinmutter genannte Queen Mary wurde Witwen-Königinmutter. Das fand sie aber selber verwirrend und hat nur den Kopf geschüttelt und sich so nicht nennen lassen.

Es war nun das erste Mal, dass für eine Königsgemahlin kein neuer Kopfschmuck angefertigt wurde, sondern dass sie einen wiederverwendet haben. Nachhaltigkeit ist wichtig, und die Krone ist ja auch noch gut! Da ist keine Schramme dran und kein Juwel rausgebrochen, die kann Camilla noch prima auftragen. Es spricht ja auch für die Bescheidenheit der Konsorten-Königin, dass sie ein Gebrauchtmodell trägt und nicht darauf besteht, dass extra was für sie geschmiedet wird. In dem Alter, das lohnt unter Umständen doch auch gar nicht mehr. Sehr würdig sah sie aus, genau wie Charles.

Die beiden gaben ein nettes älteres Ehepaar ab. Sie gingen ganz schön steif im Kreuz, damit ihnen der Kopfschmuck nicht runterpurzelt. Es ist doch nichts peinlicher, als wenn einem in so einem Moment die Krone runterrutscht und scheppernd durch den Kirchgang rollt. Mir ist mal Ähnliches bei einer Beerdigung passiert.

Also, nicht mit der Krone! Ich trage doch keine Krone! Nur auf dem einen Zahn, aber die sitzt fest.

»Für Charles ein Krönchen, für Renate ein Körnchen«, so lautet das Motto.

Es war ganz still in der Aussegnungshalle damals, bis ich mein Spitzentaschentuch aus der Handtasche nehmen wollte und mir dabei das Kornfläschchen auf die Fliesen purzelte. Himmel, war mir das unangenehm! Es zerschellte im Gang, und die Sargträger mussten einen großen Schritt über die Scherben machen. Zum Glück kannte mich da niemand, ich war mit Gertrud nur hingegangen, weil hinterher zum Leichenschmaus ins Kempinski geladen wurde.

Jedenfalls kamen Camilla und Charles gut mit ihren Kronen zurecht, die hatten anscheinend geübt. Sehr erhaben sahen sie aus und sehr vertraut miteinander. Man vergisst das ja oft, aber tatsächlich sind die beiden nun schon länger miteinander verheiratet, als die Ehe von Charles mit Lady Diana dauerte. Die wurde nach fünfzehn Jahren geschieden und war noch früher in die Brüche gegangen, Charles und Camilla hingegen sind nun schon über achtzehn Jahre verheiratet und im Grunde seit über

50 Jahren verliebt. Und was wurde seinerzeit bei der Eheschließung pikiert geguckt! Sie mussten sich gegen sehr viele Widerstände behaupten, haben sich aber durchgesetzt und gesagt: »Es ist uns jetzt endlich egal, was die Leute denken und sagen, wir lieben einander, und nun machen wir es amtlich.« Da hat dann auch die Königin nichts mehr gesagt, von wegen »geschieden« und so ein Quatsch. Die Zeiten hatten sich geändert, und die beiden, die wahrscheinlich schon immer füreinander bestimmt gewesen waren, konnten endlich heiraten. Fast wäre es auf den letzten Metern noch schiefgegangen, weil der damalige Papst gestorben war und ausgerechnet am Tag der geplanten Trauung beerdigt wurde. Ach, das war eine Aufregung! Aber sie haben die Trauung dann um einen Tag verschoben. Na, wenn man Schinken und Salami auf dem Büfett hat, geht das schon. Geräuchertes hält sich ja. Wenn die Eiersalat oder Lachs gehabt hätten, hätten sie alles wegschmeißen müssen. Aber es wurde ja, weil es schon die zweite Hochzeit für beide war, im kleineren Rahmen gefeiert, da hatten die bestimmt auch nur kalt-warmes Büfett. Na, es ging auf jeden Fall alles gut, und heute sind sie ein sympathisches Rentnerpaar, sehr warmherzig im Umgang miteinander und wirklich nett. Wenn die im Reisebus auf der Bank hinter mir sitzen würden, ich würde die ansprechen. Die wären bestimmt eine angenehme Reisebekanntschaft. Ob nun Krone oder nicht, man sieht das Leuten doch an, ob sie als Paar miteinander harmonieren. Man wird sich immer ähnlicher,

je länger man zusammenlebt. Wissen Se, Ilse und Kurt haben nicht beide ein Krönchen auf, aber sie gehen oft Ton in Ton gekleidet. Sie haben beide Übergangsjacken in passenden Beigetönen.

Nach einer guten Stunde war dann fertig gekrönt, und die royale Familie machte sich auf den Weg nach Buckingham Palast. Das ist ja alles nicht weit, selbst für eine alte Dame wie mich ist das fußläufig gut zu schaffen. Es war auch für uns das Zeichen, uns zu erheben. Schon aus Respekt, denn wenn der König kommt, steht man auf, und es war auch an der Zeit für mich, mal wieder aus dem Hängestuhl hochzukommen. Mir schliefen schon die Beine ein! Geknickst haben wir aber nicht, das hätten die sowieso nicht gesehen, und meine Hüfte knackst auch eher, als dass sie zum Knicksen geeignet wäre. Nachdem die Hoheiten nämlich mit ihren Kutschen durch waren und sich in den Palast begeben hatten, wurde die Straße freigegeben. Die Menschen strömten hinterher, um dem Königspaar und der Familie auf dem Balkon zuzujubeln. Und Kirsten und ich waren mittendrin in der Menge! Alle liefen gesittet und keiner drängelte, ach, das mag ich an den Engländern. Sie sind sehr höflich, entschuldigen sich ständig und lächeln. Bei uns wäre das gar nicht denkbar. Überlegen Se bloß mal, was schon für ein Tumult ausbricht, wenn eine zweite Kasse aufmacht.

Ach, das war ein Erlebnis, sage ich Ihnen! Mir schlug das Herz bis zum Hals vor Aufregung und Freude. Trotzdem hielt ich meinen Brustbeutel ganz fest an mich gedrückt, man weiß ja nie. Charles hatte sein Krönchen, da durfte ich nun aber auch ein Körnchen. Kirsten bekam das gar nicht mit. Ich nahm einen schnellen Schluck, und während meine Tochter schon wieder einer wildfremden Frau was über Avalons Vermächtnis erzählte und ihr eine Visitenkarte zusteckte, war mein Flachmann schon wieder in der Handtasche. »Prost, Herr König!«, dachte ich bei mir. Jemand drückte mir ein Fähnchen in die Hand, und ich winkte wie wild, so wie es alle anderen auch taten. Kirsten strahlte und sagte, es würde sie sehr glücklich machen, mich so zu sehen. Ach, wie schade, dass Ilse in diesem Moment nicht dabei sein konnte, sie hätte bestimmt hemmungslos geweint vor Rührung. Aber ganz sicher würde sie es jetzt im Fernsehen angucken, und Kurt würde was Respektloses sagen wie »Nun heul mal nicht, Ilse, der ist auch nur ein Mensch! Der muss sich auch das Fleisch aus der Zahnlücke polken, wenn es Gulasch gab!«, und Ilse würde ihn in die Seite buffen und sich in ihr Taschentuch schnäuzen. Bestimmt hatte sie zur Feier des Tages eins der guten, mit Spitze umhäkelten aus dem Nachtschränkchen genommen.

Wie wir da so alle versammelt vor dem Buckingham-Palast standen und auf den Moment warteten, dass der Charles auf den Balkon trat und mit Camilla in die Menge winkte, war das ein wirklich besonderes Gefühl. Die Menschen waren aus der ganzen Welt gekommen! Die meisten waren natürlich Engländer, aber das Empeier reicht ja weit. Und Kirsten und ich waren auch nicht die einzigen Deutschen. Wir trafen einige, die einen Stadtplan in der Hand hielten. Daran sah man das ja schon.

Und dann war es so weit: Die Tür ging auf, die beiden kamen raus. Die Menge jubelte und klatschte, ach, man kann das gar nicht beschreiben, wie schön das war. Gleich darauf kam die ganze Familie, William und Kät und die Kinder … ich versuchte erst gar nicht, mit dem Händi zu knipsen. Von so weit weg werden die Bilder sowieso nichts. Es ist wie beim Konzert, wissen Se, da sollte man versuchen, zu gucken und zuzuhören und die Erinnerungen aufzusaugen. Die Bildchen auf dem Händi guckt man sich sowieso nie wieder an, und für den Fäßbock reicht eins. Herrlich war es, ich freute mich so sehr, dass ich diesen Moment erleben durfte. Da stand in nicht mal hundert Metern Entfernung auf dem Balkon der frisch gekrönte König mit seiner Familie, und ich, Renate Bergmann, geborene Strelemann aus Spandau, stand hier und war dabei! Und noch dazu mit meiner Kirsten, ach, das ließ mich ganz emotional werden. Kirsten war gar nicht richtig bei der Sache, sie hatte mit der wildfremden Frau neben ihr offenbar eine Gleichgesinnte gefunden. Sie legten sich die Seelenschwester-Orakelkarten und wünschten einander viel Liebe und Licht. Ich tat so, als ob ich das gar nicht mitbekäme, und genoss den Augenblick. Als ich das nächste Mal rüberguckte, war Kirsten schon wieder am Telefonieren. Sie hat ja, genau wie ich mit meinen Friedhofsdiensten, vorausplanen müssen. Kirsten macht

Kurse, in denen Leute, die nicht ganz in ihrer Mitte ruhen, viel Geld dafür bezahlen, dass sie unter Anleitung meiner Tochter Bäume umarmen oder dass Kirsten Engel überredet, mit ihr über die Probleme der Klienten zu reden und so ein Quatsch. Deshalb hat sie aber gleich nach Weihnachten, als sie mir die Reise versprochen hat, ihre Seminare um die Reisedaten drum rum geplant. Sie hat trotzdem immer ihr Händi an der Frau, für Notfälle, falls jemand aus der … aus der Kundschaft ganz dringend seinen Engel sprechen muss. Kirsten klopft dann ein bisschen an das Brückengeländer oder was halt gerade in der Nähe ist und so klingt, als hätte man an die Klangschale angeschlagen, und übermittelt die Botschaften durchs Telefon. »Wieder einen Kaffee verdient, Mama, der schreibe ich eine Rechnung über 50 Euro. Ich lad dich ein!«, sagte sie, als sie aufgelegt hatte. Ich habe da ja immer ein bisschen Hemmungen und ein schlechtes Gewissen, aber andererseits: Wer so blöde ist, darf sich auch nicht beschweren, wenn andere es ausnutzen. Engeltrick ist nicht so böse wie Enkeltrick, und nicht Kirsten ist es, die die Irrlichternden anruft, sondern sie wird angerufen und um Hilfe gebeten!

Auf dem Balkon winkte auch Prinzessin Anne. Es war sehr beruhigend zu sehen, dass sie so strahlend schön dastand und stolz auf ihren Bruder blickte. Sie winkte und lächelte und war glücklich, das konnte man sehen. Das freute mich sehr, wissen Se, ich hatte mir wirklich Sorgen gemacht. Charles war nun ihr Scheff, aber damit hatte sie sich bestimmt arrangiert. Sie wusste ja seit über siebzig Jahren, dass das mal so kommt, und ich glaube, zwischen den beiden hat es auch nie großen Streit gegeben.

Die Kinder machten Faxen und schnitten Grimassen, Charles und Camilla winkten, und wir vom Volk jubelten ihnen zu und wedelten mit den Fähnchen. Es war ein Festtag, und ganz bestimmt saßen oben auf ihrer Wolke jetzt auch Elisabeth und Philip mit einem P und waren stolz auf ihren Großen. Sie hatten wirklich alles getan, dass aus ihm ein guter König werden konnte.

Für den Tag war es das dann an offiziellem Programm, für mich war es auch anstrengend genug. Bestimmt haben die noch zusammen einen Imbiss genommen und ein bisschen gefeiert, aber da ist unsereins ja nicht dabei. Das ist nur was für geladene Gäste, und ganz ehrlich, da würde ich mich auch nicht wohlfühlen. Wer weiß, was Kirsten da wieder … ich sah genau, dass sie in ihrer Handtasche mindestens drei Erzengelkerzen einstecken hatte. Nach Kirstens Theorie wurden wir Erdenmenschen nämlich dieses Jahr vom Mars begleitet, und mit einer rot durchgefärbten Kerze würden wir seine Energie anlocken. Dadurch würde alles verstärkt. Das ist wahrscheinlich auch so eine Sache, an die man glauben muss, jedenfalls brauchte der Wasserkocher im Hotel immer gleich lange und nahm gleich viel Energie, ganz egal, ob die Kerze an war oder nicht. Ich hatte es ausprobiert! So ein Blödsinn!

Bei der Beerdigung der Queen im Jahr zuvor hatten sie es zum ersten Mal so gemacht, dass die ganzen Staatsgäste und gekörnten Häupter …

Huch!

Jetzt war ich wohl zu schluderig beim Schreiben, meine Güte, wo ist denn das Tippex?

Es muss »gekrönten Häupter« heißen. Also, seinerzeit wurden erstmals die Staatsgäste und gekrönten Häupter mit Bussen statt einzeln in Limousinen von London nach Windsor rausgefahren. Schon wegen der Umwelt, aber auch, weil die ja gar nicht durch den Verkehr gekommen wären bei den vielen gesperrten Straßen in London. Gertrud und ich hätten uns ja gewünscht, dass eine Kamera auch mal aus so einem Bus sendet. Wissen Se, man sähe das doch gern, ob der holländische König vielleicht eine Käsestulle rausholt und ein hart gekochtes Ei abpellt oder ob die spanische Königin die hohen Schuhe auszieht und die Füße ein bisschen hochlegt? Aber das haben se nicht übertragen. Gut, sie sollen auch ihre Privatsphäre haben, die feinen Herrschaften.

Als wir später zurück im Hotel waren, war ich noch immer ganz beseelt von dem schönen Erlebnis. Kirsten zündete eine der anderen Kerzen an, die sie im Gepäck hatte und welche mich festigen und meine Gedanken entspannen sollten. Nicht die Erzengelkerzen, die hatte sie schon auf dem Heimweg an Passanten verhökert. Sie müssen wissen, dass meine Tochter allerlei Brennstäbe auf Basis von

Schafsmilch und Bienenwachs selbst anrührt und in Weckgläser abfüllt. Das Wachs lädt sich nach ihrer Überzeugung mit Energien auf, je nachdem, wie der Mond bei der Herstellung steht und ob man linksrum oder rechtsrum rührt, und beim Abbrennen der Kerze gibt diese die Energie auch wieder ab. Da kann es dann passieren, dass Sie sofort wie ein Baby einnicken oder aber bis zum Morgen wach liegen, abhängig davon, welche Energie von der Hammelkerze ausgeht. Für so einen Blödsinn bezahlen die Leute dann fuffzehn Euro! Zur besseren Unterscheidung fügt Kisten noch ein bisschen Duft bei. Die Sorte mit Pfingstrose war zur Beruhigung, die mit ein paar Krümeln Waschpulver drin wirkte angeblich wie Bohnenkaffee, und für die rote mit Nelkenduft nahm sie zwanzig Euro, weil die wohl die Stimmung unter der Bettdecke anregen soll. Himmel! Unser Zimmer duftete jedenfalls nach Pfingstrose, was nicht übel war, zumindest wenn man bedenkt, was noch hätte passieren können.

Als sie nämlich mal wieder einen Kurs »Waldbaden für Katz & Frauchen« abhielt und hinterher am Lagerfeuer alle husten mussten, weil das Holz so nass war, hat sich Kirsten nicht etwa entschuldigt, sondern behauptet, es wäre der Aufbaukurs »Räucherungen für die Seele«, den die Kursteilnehmer ausnahmsweise kostenfrei dazubekämen. Sie kläfften sich fast die Lungenflügel aus dem Leib und freuten sich, dass es was umsonst gab.

Das beste Geschäft hat sie jedoch gemacht, als das Chinarestaurant in der Kreisstadt von Brunsköngl pleiteging. Die hatten überall im Gastraum so schwere rote Übergardinen mit goldenen Bommeln. Diese Bommeln hat Kirsten alle abgeschnitten und verkauft sie als »original chinesische Glücksknoten«. Und da Glück keinen Preis hat und im Grunde unbezahlbar ist, sagt sie immer, jeder soll geben, was ihm sein Glück wert ist, und lächelt schweigend. Da rascheln dann die Scheine, weil sich niemand lumpen lassen will. Na, ich sage Ihnen, da war ich noch gut bedient mit dieser merkwürdigen Kerze!

Kirsten fragt, ob ich nicht mal Ilse anrufen und berichten wolle, wie es war.

»Meinst du? Kostet das nicht zu viel? Das ist doch Ferngespräch!«, gab ich erschrocken zu bedenken, aber Kirsten lachte nur und meinte, ich soll mir mal keine Sorgen machen. Ich wollte das aber trotzdem nicht, wissen Se, ich kenne doch mein Ilschen. Wenn die eine Nummer aus dem Ausland auf dem Telefon sieht, ruft sie die Polizei und macht Anzeige wegen Enkeltrick. Die ist geschult und auf Zack. Nee, für mich war es genug an dem Abend. Es war alles sehr anstrengend gewesen, und ich schlief recht bald ein.

Ilse hatte mich, bevor wir abgeflogen sind, gefragt, ob ich wohl auch zu Schloss Windsor rausfahren und die Gruft besuchen würde, in der Elisabeth an der Seite ihres Philip und ihrer Eltern und der Schwester ruht. Interessant wäre das bestimmt gewesen, aber damit wollte ich Kirsten nicht auch noch zur Last fallen, und ich sage Ihnen ganz ehrlich: Es wäre mir vielleicht auch ein bisschen beschwerlich geworden. Und bei aller Mutter-Tochter-Harmonie wurde es mir auch ein bisschen viel, so dichte mit Kirsten auf der Pelle zu hocken die ganze Zeit, das sage ich Ihnen ganz offen. Wissen Se, ich bin eine selbstständige Person, die alleine lebt und für sich sorgt. Mein Haushalt ist tipptopp in Schuss, ich mache meine Wäsche alleine und brauche höchstens Hilfe, wenn die Einkellerungskartoffeln in Zentnersäcken geliefert werden. Wir stritten nicht, aber dieses ewige »Mama, warte, ich mache die Tür auf!«, »Lass das, Mama!« und »Mama, denk an deinen Zucker!« ging mir doch gewaltig auf die Nerven. Ich ertrug es jedoch geduldig und sagte nichts. Nur einmal, als sie mich umdrehte wie eine Erstklässlerin und anfing, mir die Strickjacke zuzuknöpfen, konnte ich nicht an mich halten und habe protestiert. Wenn man erst mal anfängt, sich so betüddeln zu lassen, kommt sie als Nächstes mit einer Betreuung und einem Pflegedienst! Nee, nee, so weit ist es noch nicht. Ich bin vielleicht ein bisschen langsamer als früher, aber meine Eigenständigkeit ist mir viel wert. Die lasse ich mir nicht nehmen. Ich brauche meine Freiräume, und heute, am letzten Tag, wollte ich erst mal den Vormittag für mich und allein durch die Stadt bummeln. Schließlich hatte ich mir noch was Besonderes vorgenommen.

Das offizielle Krönungsprogramm sah vor, dass die ganze Karawane nach den Feierlichkeiten in London heute weiterzog nach Windsor und dass die da ein Popskonzert machen wollten. Na, das war sowieso nichts für mich, es reicht mir schon, dass die im Fernsehen immer englisch singen! Ich hatte im Atlas geguckt und wusste es im Grunde auch von der Übertragung der Beerdigung: Windsor liegt ein ganz schönes Stück draußen. Da setzt man sich nicht einfach in den Bus und fährt vier Stationen wie ich hier in Spandau zu Gertrud. Man muss mit dem Zug reisen und auch ein weites Stück laufen oder ein Taxi nehmen, was bestimmt ins Geld geht. Und ich kam doch auch mit den englischen Scheinen nicht zurecht, die alle ganz komisch aussahen. Dass ich dem Fahrer richtig ansagte, wo ich hinwill, da hatte ich keine Bedenken: »Windsor Castle, please!« Das hatte Ilse mit mir geübt, und es war auch nicht schwer. Aber trotzdem. Nee. Wir hatten wirklich nur knapp Zeit in London, und es wäre ein Tagesausflug.

Man muss nicht am Grab eines Menschen stehen, um ihm nah zu sein. Er lebt doch in unseren Herzen und in der Erinnerung. Deshalb hatte ich mir was anderes überlegt.

Als die Queen ihr Dienstjubiläum hatte, ihr siebzigstes, da haben sie ja noch mal ganz groß gefeiert. Sie selbst war da schon recht wackelig auf den Beinen und musste den Stock nehmen, sie konnte nicht mehr bis in die Puppen mitfeiern und auf den Tischen tanzen. Aber sie kam auf den Balkon vom Palast und winkte mit der ganzen Familie und erklärte dem kleinen Schorsch, der dereinst mal nach Charles und William ihr Nachfolger auf dem Thron (den die bestimmt weiter wienern und gut pflegen werden, dann hält der noch durch!) sein wird, die Parade der Flieger, die eine 70 über London in den Himmel malten. Da ahnte jeder, der die Bilder sah, dass es vielleicht auch ein bisschen schon ein Abschied ist. Zu diesem Anlass hat das Fernsehen einen kleinen Film mit der Königin gedreht, mit einem Teddybären, das haben Se bestimmt auch gesehen. Der Bär heißt in England nicht Teddy, sondern Paddy. Also, »Paddington Bear« genau genommen. Zuckersüß und herzzerreißend, sage ich Ihnen! Die Queen hat diesen kleinen Spaß mitgemacht und diesen entzückenden Film ermöglicht. Dabei enthüllt sie mit einem Augenzwinkern eines der allergrößten Geheimnisse um ihre Person, nämlich, was sie wohl in ihrer Handtasche hat. Generationen von Hofberichterstattern haben sich den Kopf zerbrochen, was da drin ist und welche geheimen Botschaften sie ihren Angestellten übermittelt, wenn sie die Tasche längs oder quer hält, aber nie hat es jemand wirklich gewusst. Na, jedenfalls hat sie in dem Filmchen mit dem Paddybär verraten, dass sie da eine Stulle drin hat, falls sie mal Hunger kriegt bei all dem Winken und Lächeln. Nee, was war das putzig! Wissen Se, ich habe auch immer einen Bissen dabei, am liebsten eine Klappstulle, falls ich unterzuckere. Ich bin Diabetiker und muss meine Mahlzeiten regelmäßig einnehmen. Dass die Königin – natürlich mit einem Augenzwinkern – das auch machte, ach, das ging mir ans Herz! Die Engländer essen natürlich keine Klappstulle mit Leberwurst, wie wir das kennen, sondern ihre »Sändwitsches«. Ungeröstetes Toastbrot mit ganz dick Butter und grüner Gurke. Probieren Se das bloß nicht! Das gilt im Grunde für vieles, was die einem in diesem Land auf den Teller bringen. Auch von Fisch und Schips, ihrem Nationalgericht, muss ich abraten. Die machen Essig an ihre Bratkartoffeln und behaupten dann, es wären im Grunde Pommies, und der Fisch ist aus der Fritteuse, mit ganz dick pappiger Panade und voller Fett. Jeder kocht anders, bitte schön, aber für meine Galle ist das alles nichts.

Jedenfalls habe ich sehr früh alleine gefrühstückt im Hotel. Kirsten schlief länger, es war ja abgesprochen, dass ich ein bisschen bummeln gehe. (»Aber pass wirklich gut auf, Mama! Und denk an der Straße dran, erst nach rechts und dann nach links zu gucken, die Autos fahren hier auf der anderen Seite!«) Die Reise war ja auch für sie anstrengend. Machen Sie mal ständig Sonnenanbeterei im Schneidersitz! Ich schmierte derweil eine Klappstulle aus zwei labberigen Toastscheiben und belegte sie dick mit Butter und grüner Gurke, so wie sie es eben mögen, die Engländer, und als die Kellnerin gerade einem neuen Frühstücksgast mit ihren beiden Kannen in der Hand die Entscheidung »Coffee or Tea?« abrang, wickelte ich das Sändwitsch in eine Serviette. Das kann ich blitzschnell, trotz leichter Arthrose in den Fingern. Jahrelanges Tuppern auf Beerdigungen schult! Die Kellnerin war jedenfalls so sehr mit ihren schmuddeligen Kannen beschäftigt, dass sie nichts mitkriegte. Man darf da nämlich kein Proviantpaket mitnehmen, sondern alles nur am Tisch verzehren. Da sind sie sehr streng! Die haben eine Familie am Nachbartisch gefilzt wie mich auf dem Flughafen, da musste man sich wirklich wundern. Ich frühstückte fertig, schlich mich so unauffällig guckend wie möglich an Madame »Coffee or Tea?« vorbei und machte mich auf den Weg.

Die Stadt war zur frühen Morgenstunde belebt und geschäftig, aber es war kein Vergleich zu den Menschenmassen, die sich am Tag der Krönung durch die Straßen geschoben hatten. Fast wie in Berlin war es. Im Sommer, wenn einen die Hitze oft gar nicht gut schlafen lässt und ich manchmal schon vor Sonnenaufgang wach bin, mache ich auch zu

Hause gern Spaziergänge durch die erwachende Stadt. Es ist dann noch nicht ganz so heiß und nicht ganz so voll, man begegnet den Müllkutschern, den Leuten vom Grünflächenamt, die die Parks bewässern, und ein paar Gehetzten, die auf dem Weg zum Frühdienst einen Kaffee für »auf den Weg« vom Bäcker holen. Diese frühen Stunden, die mag ich sehr. Wenn es dann richtig hektisch und heiß wird, gehe ich wieder rein ins Kühle und Schattige.

Ich spazierte zum Schloss, zum Buckingham-Palast. Es ist wohl so, dass die Königin es nicht sehr gemocht hat. Viel lieber war sie in Schottland, auf Balmoral. Ein kaltes, raues, zugiges Stück Erde, aber dieses Herbe passte auch zu ihr, die so eine geerdete Person war, dass sie wahrscheinlich Bäuerin geworden wäre, hätte sie nicht das Erbe des Throns getroffen. Aber trotzdem hatte sie bestimmt auch hier in London Orte, an denen sie sich wohlfühlte und die sie gernhatte. Reineweg närrisch war sie ja nach ihren Gäulen. Ihr Leben lang liebte sie ihre Shetland-Ponys, und noch im hohen Alter mit über neunzig Jahren ist sie selbst geritten. Als man ihren Sarg den langen Weg durch den Park von Windsor zog, standen am Wegrand nicht nur Tausende Menschen, die traurig Abschied nahmen, sondern man hatte auch die Hunde, ihre Corgies, vor die Tür gebracht, und ihr Lieblingspony. Ein schwarzes Pferdchen namens Emma, ach, das war auch ein sehr bewegendes Bild. Fast konnte man meinen, das Tier verneigte sich traurig und ehrerbietend vor dem vorbeirollenden Sarg.

Ich ging linker Hand am Buckingham Palast vorbei, auf dessen Balkon der frisch gekrönte Charles erst gestern noch mit Camilla, William, Kät und den Enkelchen gewinkt hatte. Doch, er wird ein guter König werden, dachte ich noch mal. Man muss sich das ja auch ein bisschen einreden. Mit seinen Ideen mit Bio und Öko, und dass er den ganzen aus der Zeit gefallenen Prunk etwas abstauben wird, so, wie die Krönungszeremonie schon ein bisschen weniger operettenhaft und doch feierlich war – doch, der wird das prima machen! Erst recht, wenn er ab und an auf Kät und William hört.

Ein Stück des Weges liegt eine unscheinbare Toreinfahrt, und geht man durch die hindurch, kommt man zur Königlichen Kutschensammlung. Es ist ein Museum, das man besuchen kann, und in dem die prächtigen Gefährte aufbewahrt und in Schuss gehalten werden. Hier sind auch die Pferdeställe für die königlichen Rösser, die in London ihren Dienst tun. Ich bin mir sicher, dass sich die Königin hier wohlgefühlt hat und gern gewesen ist. Die Pferde wurden gerade auf dem Hof gebürstet und gestriegelt. Den einen Hengst erkannte ich sofort wieder. Ich hatte während der Übertragung auf der großen Leinwand gesehen, dass ein Schimmel mit einem kleinen schwarzen Fleck auf dem Ohr, so ein ganz Frecher, im Gespann der Kutsche von Charles und Camilla gegangen war. Hier wurde dem stattlichen Tier gerade von einem Stallmädchen kräftig das Fell gebürstet. Er äppelte, und ich ging auf die Knie, tat eine kleine Portion davon in ein Tütchen und sicherte es in meiner Tupperbüchse. Das war mein Mitbringsel für Kurt und Ilse. Überlegen Se mal, wenn man den Apfelbaum zu Hause im Garten mit genau dem Pferdemist düngt, den der königliche Gaul geäppelt hat – das adelt doch die Früchte! Das ist dann erst ein wirklicher »Gala Royal«!

Ja, rümpfen Se nicht die Nase. Nein, das ist nicht eklig, das ist Natur. So eine Tupperbüchse schließt dicht, damit habe ich schon ganze Büfetts in meiner Handtasche nach Hause getragen. Und wenn der Zoll bei der Kontrolle da drangehen würde, wäre das nicht mein Problem. Hihi!

Das Pferdemädchen winkte und lachte mir zu, sie sagte auch was, aber das verstand ich natürlich nicht.

Ich suchte mir ein schattiges Eckchen in dem kleinen Park und setzte mich auf die Bank, die dort stand. Jetzt, am frühen Morgen, war es angenehm frisch. Ich musste das alles erst mal sacken lassen. Was waren die letzten Tage für ein einmaliges Erlebnis gewesen! Wissen Se, man erlebt viel im Leben, aber bei der Krönung eines Königs so dichte dran, das ist man wirklich nur einmal. Dass mir meine Kirsten das ermöglicht hatte, das würde ich ihr nie vergessen.

Am Nachmittag wollten wir noch Barbara treffen, die Nichten-Enkelin von meinem Otto. Ich kam mir richtig wie eine von den oberen Zehntausend vor! Überlegen Se mal, allein wenn ich im Altenverein erzähle, dass ich Verwandtschaft in London habe, gucken die schon neidisch. Dass ich mit Kirsten da hinfliege, um sie zu besuchen, das glaubt kein Mensch. Und wenn ich dann noch berichte, dass wir bei der Krönung des Königspaars ... Grün vor Neid würden die, und Wilma Kuckert vorneweg!

Barbara. Ich freute mich, sie wiederzutreffen. Das ganze Land war eingeladen, sich in den Parks zum Picknick zusammenzufinden und die Krönung zu feiern. Wir waren mit Barbara und ihrem Mann verabredet. Sie hatte versprochen, einen großen Korb mit Leckereien mitzubringen. Ich erinnere mich, dass sie seinerzeit ein sehr schmackhaftes Weihnachtsessen gekocht hatten, als ich bei ihnen gestrandet war, und war mir sicher, die würde was Besseres mitbringen als Bratkartoffeln mit Essig drauf. Zur Not hatte Kirsten ja sicher auch ihre Haferflocken einstecken. Bestimmt würde sie die Sammeltasse in Ehren halten, die ich ihr mitgebracht hatte. Doch, sie kam in gute Hände, Barbara hatte sie verdient. Ich hatte irgendwie den Eindruck, dass weder Kirsten noch Ariane böse waren, dass ein Stück aus meiner Sammlung wegging und ihr Erbe schmälerte. Na, der frei gewordene Platz in der Glasvitrine meiner Anbauwand würde auch nicht lange leer bleiben. Ich hatte nämlich so wunderschöne Henkeltassen mit dem Porträt von Charles und Camilla gesehen, die extra aus Anlass der Krönung herausgegeben wurden. Wirklich wunderhübsch! So eine würde ich mir noch kaufen, als Andenken an die Reise. Für Gertrud würde ich auch eine mitbringen, bestimmt würden die da am Preis auch noch was machen, wenn ich zwei nähme. Für Ilse und Kurt hatte ich die Pferdeäppel, für Ariane und Stefan ein Döschen Tee aus dem berühmtem Kaufhaus »Harrod's« und für die beiden Mädchen von Stefan und Ariane, meine Lisbeth und die kecke Agneta, jeweils einen kleinen Paddy-Teddybären. Unsere Agneta, ach, das ist eine kleine Maus! Neulich hat sie im Kindergarten zum Besten gegeben: »Meine Mama hat auf der Arbeit einen Delfinvibrator.« Die Erzieherinnen hatten tagelang Kicheranfälle, aber Defibrillator ist wirklich ein schweres Wort, da kann sich ein kleines Mädchen schon mal verhaspeln. Und so lustig war es nun auch wieder nicht, dass man tagelang darüber lachen musste. Manchmal sind die aber auch albern da!

Von den Paddy-Bären hatte ich aber nicht nur zwei gekauft, sondern drei.

Einen holte ich jetzt aus meiner Handtasche und setzte ihn unter einen Baum. Davor legte ich das Gurkensandwitsch.

Ich war mir ganz sicher, dass die Queen diesen Ort gemocht hat. Die Pferde, die Ruhe, die Natur … doch, hier hat sie sich wohlgefühlt.

»Wissen Se, Hoheit, Sie haben Ihr Bestes gegeben und so lange Jahre gedient. Nun sind Sie wieder bei Ihrem Philip und dürfen auch mal die Etikette vergessen und einfach Elisabeth sein und nicht immer nur Königin. Jetzt dürfen Se in Hauspuschen die Corgies kraulen und jeden Tag die Pferde streicheln, ohne dass einer drängelt, weil noch ein Krankenhaus eingeweiht werden muss.

Thank you, Mam, for everything!«, flüsterte ich, wie ich es mit Ilse geübt hatte, und war ganz gerührt in dem Moment.

Entschuldigen Se, jetzt hatte ich gar nicht vorne auf der ersten Seite gesagt, dass hier Renate Bergmann schreibt. Aber das wissen Se bestimmt, oder?

Es steht ja auch draußen auf dem Buchdeckel.

Jetzt wird endlich ja gesagt!

»Meine beste Freundin Gertrud heiratet! Was es da alles zu organisieren gibt!
Die Hochzeitssuite ist reserviert, an die Heizdecke und den Duschhocker habe ich die Hausdame erinnert, und das Büffet ist bestellt. Es sollte eigentlich alles klappen. Hoffentlich versucht Gunter nicht, Gertrud über die Schwelle zu heben. Wissen Se, sie hat ein paar Polster auf den Hüften, und Gunter hat die Bandscheiben frisch zusammengetackert. Da geht man besser kein Risiko ein.«
Renate packt die Taschentücher und den Reis ein und bringt ihre beste Freundin Gertrud unter die Haube. Freuen Sie sich auf jede Menge Hochzeitsspaß!

Renate Bergmann
Man muss sich nur trauen
Die Online-Omi trägt die Schleppe

Taschenbuch
Auch als E-Book erhältlich
www.ullstein.de